NELSON RODRIGUES NA TV

NELSON RODRIGUES NA TV

As melhores
histórias de
A vida como ela é...
adaptadas para a TV

Copyright © 2015 by Espólio de Nelson Falcão Rodrigues

Direitos de edição da obra em língua portuguesa no Brasil adquiridos pela EDITORA NOVA FRONTEIRA PARTICIPAÇÕES S.A. Todos os direitos reservados. Nenhuma parte desta obra pode ser apropriada e estocada em sistema de banco de dados ou processo similar, em qualquer forma ou meio, seja eletrônico, de fotocópia, gravação etc., sem a permissão do detentor do copirraite.

EDITORA NOVA FRONTEIRA PARTICIPAÇÕES S.A.
Rua Nova Jerusalém, 345 – Bonsucesso – 21042-235
Rio de Janeiro – RJ – Brasil
Tel.: (21) 3882-8200 – Fax: (21) 3882-8312/8313

CIP-BRASIL. CATALOGAÇÃO NA FONTE
SINDICATO NACIONAL DOS EDITORES DE LIVROS, RJ

R614v   Rodrigues, Nelson, 1912-1980
  Nelson Rodrigues na TV: as melhores histórias de "A vida como ela é..." adaptadas para a TV. / Nelson Rodrigues. - Rio de Janeiro : Nova Fronteira, 2015.

  ISBN 978.85.209.3335-0

  1. Conto brasileiro. I. Título.

CDD: 869.93
CDU: 821.134.3(81)-3

Sumário

Nota do editor 7
Flor de obsessão, por Malu Mader 9

O monstro 13
Divina Comédia 21
Quem morre descansa 29
O grande viúvo 37
Gagá 44
O homem fiel 51
O decote 58
A grande pequena 65
Casal de três 72
O anjo 79
Gastrite 86
Para sempre desconhecida 92
Uma senhora honesta 99

Covardia	108
Fruto do amor	114
Marido fiel	121
Viúva alegre	129
Cheque do amor	136
O pediatra	143
O único beijo	149
Delicado	157
A esbofeteada	164
A futura sogra	171
Sem caráter	178
Sacrilégio	185
Pai por dinheiro	193
Curiosa	200
Dama do lotação	208
O padrinho	215
A grande mulher	223
"A vida como ela é...", por Daniel Filho	231
Entrevista com Euclydes Marinho	235

Nota do editor

"Acho um pobre-diabo o sujeito que despreza 'A vida como ela é...'." Assim Nelson Rodrigues responde ao repórter Aldney Peixoto, da *Revista da Semana*, sobre como encarava as suas histórias publicadas no jornal *Última Hora*. Ótimo frasista, Nelson sabia que nem mesmo seus críticos mais rígidos eram capazes de desprezar a sua coluna.

A popularidade das histórias de Nelson foi notória e com ela diversas adaptações apareceram. Logo em 1951, ano de seu lançamento, era narrada por Procópio Ferreira nos microfones da Radio Club. Em 1955, virou uma revista com ilustrações. Já em 1962, era encenada como um dos quadros do programa *Noite de Gala*, da TV Rio. No ano seguinte, foi gravada em disco pela Odeon, que dizia reunir ali as mais dramáticas histórias de Nelson, com a seguinte chamada ao final da propaganda: "Se você é maior de 18 anos, adquira já."

De todas essas adaptações, sem dúvida, a feita pela TV Globo, em 1996, foi a que teve mais repercussão e a que deu ao texto literário de Nelson um alcance nacional sem precedentes. Todos os domingos, milhares de brasileiros aguardavam o final do *Fantástico* para se deliciar, se envergonhar e se entreter com "A vida como ela é...". Sucesso retumbante mais uma vez.

Foi uma química perfeita: com direção precisa de Daniel Filho, roteiro afiado de Euclydes Marinho, narração de José Wilker e um time que unia atores experientes e jovens promessas. Em episódios com aproximadamente dez minutos, desfilavam em cena atores como: Tony Ramos, José Mayer, Maitê Proença, Nelson Xavier, Mauro Mendonça, Laura Cardoso, Cássio Gabus Mendes, Guilherme Fontes, Cláudia Abreu, Malu Mader, Antonio Calloni, Marcos Palmeira, Débora Bloch, Leon Góes, Isabela Garcia, Georgiana Góes, Caio Junqueira, Gabriela Duarte e Giulia Gam.

Este livro, esta nova reunião "em cena", é uma seleta dos textos que foram adaptados para o *Fantástico*. O volume conta também com uma primorosa apresentação da atriz Malu Mader, um dos ícones do programa, com um depoimento de seu diretor, Daniel Filho; além de uma cativante entrevista com o roteirista Euclydes Marinho, adaptador do texto de Nelson para a TV.

Mais que uma simples coletânea, o livro é uma edição de referência para fãs do autor e para aqueles que querem entender a repercussão de Nelson e a continuidade do fenômeno "A vida como ela é...".

Flor de obsessão

Nelson Rodrigues foi para mim um caso de paixão fulminante. Tudo começou com a leitura de *O óbvio ululante* em 1993. Passei a viver com o livro. Ou melhor, vivia nele, dormia com ele, me tornei uma flor de obsessão. Dali por diante Nelson seria meu amante, meu pai e professor. Aprendi mais sobre um Brasil passado, presente e futuro (o de agora) do que em toda a minha vida no colégio. Não desgrudava mais de suas crônicas. Bastava encontrar um amigo, que já sacava o livro da bolsa, tomada por uma possessão, e lia em voz alta suas frases em qualquer lugar em que estivesse:

"Só o rosto é obsceno." "O casamento de amor devia ter o sigilo do adultério." "O homem e a mulher deviam casar-se num terreno baldio, à meia-noite, à luz de isqueiros ou de velas." "A multidão nasceu do medo." "O ser humano só se tornou humano, e só se tornou histórico, quando aprendeu a ficar só." "Sempre digo que o adulto não existe, o homem ainda não conseguiu ser adulto, ou melhor: o que há de adulto, no homem, é uma pose." "O que vale mesmo é o menino que está enterrado em nossas entranhas." "A perfeita solidão há de ter pelo menos a presença numerosa de um amigo real." "Os impotentes do sentimento precisam matar o amor." Tudo era motivo de identificação: sua cômica morbidez, passionalidade, parcialidade e romantismo. Queria apresentá-lo à minha família, pois ele parecia fazer parte dela. Sabia que, assim como eu, iriam adorá-lo.

Um personagem que se tornou íntimo de todos lá em casa foi o Lemos Bexiga, o defunto mais chorado de Aldeia Campista. Até hoje, quando estamos num enterro, nos lembramos da viúva gorda que, com súbita e frenética agilidade, dá um pulo inverossímil e cavalga o caixão enquanto grita: "Quero ser enterrada com Lemos! Me leva contigo! Lemos, Lemos!" E por que ninguém em Aldeia Campista foi indiferente ou frívolo no velório do Lemos Bexiga? "Porque morrera o antigênio, o antigrande homem. É fácil amar e chorar o pobre-diabo. [...] Ao passo que somos ressentidos contra o sujeito que funda uma língua, inventa um Brasil e tira um sertão inédito da própria cabeça como de uma cartola", explica Nelson na crônica "O grande homem é o menos amado dos seres", referindo-se ao velório de Guimarães Rosa.

Mas não era bem isso o que eu queria dizer, o que eu queria mesmo dizer é que Nelson também inventou um Brasil.

Depois de ler *O óbvio ululante*, ganhei de um amigo a obra teatral completa. Então descobri o Universo Rodriguiano: alguém também nos tinha inventado!

E o interesse foi aumentando cada vez mais, com a leitura dos contos de "A vida como ela é...", do romance *O casamento*, da biografia *O anjo pornográfico* de Ruy Castro, das crônicas esportivas, das frases...

E, de tanto falar sobre ele e ler seus textos em voz alta, acabei por invocá-lo. Em 1993 participei da montagem comemorativa dos cinquenta anos da célebre estreia de *Vestido de noiva*, dirigida por Ziembinski no Teatro Municipal, considerada o início do moderno teatro brasileiro.

A peça narra a história de Alaíde, mulher que transita entre três planos: memória, realidade e alucinação. Interpretar Alaíde me colocou em contato com a dimensão de seu gênio.

Pouco depois de *Vestido de noiva* fui chamada por Daniel Filho para integrar o elenco da série *A vida como ela é...*, uma adaptação de seus contos, filmados pela TV Globo em 1996. Participei de "A esbofeteada", "Casal de três", "Divina comédia", "A grande mulher", "Covardia", "Marido fiel" e "Sem caráter", todos esses presentes neste livro.

Para "A vida como ela é...", Nelson escreveu uma profusão de contos para vários jornais — *Última Hora*, *Diário da Noite*, *Jornal dos Sports* —, nas décadas de 1950 e 1960. Os temas eram sempre os mesmos: amor, sexo, morte e traição.

Tudo já se falou sobre Nelson Rodrigues: "Maior dramaturgo brasileiro de todos os tempos, pornográfico, polêmico, reacionário, provocador..."

Como todo grande artista ele teve coragem, ousadia, originalidade, amor e principalmente humor. Até em suas tragédias o humor está sempre presente, mesmo que de forma nada convencional. Seus diálogos dizem muito mais do que parecem dizer, ou, como ele mesmo declarou: "Meus diálogos são realmente pobres. Só eu sei o trabalho que me dá empobrecê-los."

Malu Mader

O monstro

A esposa soluçou no telefone:

— Vem depressa! Chispando! Vem!...

Não perdeu tempo. Berrou para o sócio: "Aguenta a mão, que eu não sei se volto." Acabou de enfiar o paletó no elevador. E quebrava a cabeça, em conjecturas infinitas: "Que será?" Não quisera perguntar a Flávia com medo de uma notícia trágica. Já no táxi calculava: "Algum bode!" Mas a hipótese mais persuasiva era a de uma morte na família da mulher. O sogro sofria do coração e não era nada improvável que tivesse sobrevindo, afinal, o colapso prometido pelo médico. Imaginou a morte do velho. E a verdade é que não conseguiu evitar um sentimento de satisfação envergonhada e cruel. Desceu na porta de casa tão atribulado que deu ao chofer uma nota de duzentos cruzeiros e nem se lembrou do troco. Invadiu aquela casa grande da Tijuca, onde morava com a mulher, os sogros, três cunhadas casadas e uma solteira. Desde logo, percebeu que não havia hipótese de morte. A inexistência de qualquer alarido feminino, numa casa de tantas mulheres, era sintomática. Descontente, fez o comentário interior: "Ora, bolas!"

Foi encontrar, porém, a esposa no quarto, num desses prantos indescritíveis. Sentou-se, a seu lado, tomou entre as suas as mãos da mulher: "Mas que foi? Que foi?" Primeiro, ela se assoou; e, então, fungando muito, largou a bomba:

— Meu filho, nós temos um tarado, aqui, em casa!

Maneco empalideceu. Por um momento, teve a suspeita de que o "tarado" fosse ele mesmo, Maneco. Chegou a pensar: "Bonito! Descobriu alguma bandalheira minha!" Engoliu em seco, balbuciou: "Mas quem?" E ela:

— O Bezerra!...

O "tarado"

Quando percebeu que não estava em causa, ganhou alma nova. Uma súbita euforia o dominou: e preparou-se, ávido, para ouvir o resto. O Bezerra era casado com Rute, a irmã mais velha de Flávia. Maneco quis saber: "Por que tarado?" Flávia explodiu:

— Esse miserável não soube respeitar nem este teto! — E apontava, realmente, para o teto. — Sabe o que ele fez? Faz uma ideia? — Baixou a voz: — Aqui, dentro de casa, quase nas barbas da esposa, deu em cima de uma cunhada, com o maior caradurismo do mundo. Vê se te agrada!

Assombrado, perguntou: "Que cunhada?" Pensava na própria mulher. E só descansou quando Flávia disse o nome, num sopro de horror:

— Sandra, veja você! Sandra! Escolheu, a dedo, a caçula, uma menina de 17 anos, que nós consideramos como filha! É um cachorro muito grande!...

— Papagaio! — gemeu o marido, no maior espanto de sua vida; ergueu-se: — Sabe que eu estou com a minha cara no chão? Besta?...

Agora ela o interpelava: "É ou não é um tarado?" Então, com as duas mãos enfiadas nos bolsos, andando de um lado para outro, Maneco arriscou algumas ponderações: "Olha, meu anjo, eu sempre te disse, não te disse? Que cunhada não deve ter muita intimidade com cunhado?"

E insistiu:

— Claro! Evidente! Onde já se viu? Porque, vamos e venhamos, o que é que é uma cunhada? Não é a mesma coisa que uma irmã. E ninguém é de ferro, minha filha, ninguém é de ferro! Tua irmã menor, por exemplo. Quando ela comprou aquele maiô amarelo, de lastex ou coisa que o valha, deu uma exibição, aqui dentro, para os cunhados. Isso está certo?...

Flávia ergueu-se, apavorada:

— Mas vem cá. Você está justificando esse cretino! Está? Então, você é igual a ele! Tarado como ele!...

Em pânico, Maneco arremessou-se: "Deus me livre! Não estou justificando ninguém e quero que o Bezerra vá para o raio que o parta!" Recuando, a mulher perguntava: "Quando você olhou para Sandra, no tal dia, você sentiu o quê? Hein?" O rapaz ofegou:

— Eu? Nada, minha filha, nada! Eu sou diferente. Eu me casei contigo, que és a melhor mulher do mundo. Ouviste? — falava com a boca dentro da orelha da esposa. — Nenhuma mulher é páreo pra ti. Nenhuma chega a teus pés. Dá um beijinho, anda?

Agarrou-a, deu-lhe um beijo, cuja duração prolongou ao máximo de sua própria capacidade respiratória. Quando a largou, mais morta que viva, com batom até na testa, Flávia gemeu, maravilhada: "Sabes que eu gosto do teu cinismo?"

E ele, jocoso:

— Aproveita! Aproveita!

O drama

Mas a situação era de fato crítica. A família, sem exclusão das criadas, passou a abominar o tarado. Até o cão da casa, um vira-lata disfarçado, parecia contagiado pelo horror; e andava, pelas salas, soturnamente, de orelhas arriadas. Quanto ao pobre culpado, estava, na garagem da casa, em petição de miséria. Atirado num canto, num desmoronamento total, cabelo na testa, gemeu para Maneco: "Só faltam me cuspir na cara!" Maneco olhou para um lado, para o outro, e baixou a voz:

— Mas que mancada! Como é que você me dá um fora desses!

Estrebuchou: "Eu não dei fora nenhum!" Agarrou-se ao cunhado: "Por essa luz que me alumia, te juro que não fiz nada. Ela é que deu em cima de mim, só faltou me assaltar no corredor. Tive tanto azar que ia passando a criada. Viu tudo! Uma tragédia em 35 atos!"

Ralado de curiosidade, Maneco baixou a voz:

— E o que é que houve, hein?

O outro foi modesto:

— Não houve nada. Um chupão naquela boca. Eu beijava aquele corpo todinho. Começava no pé. Mas não tive nem tempo. Estão fazendo um bicho de sete cabeças, não sei por quê!...

Maneco esbugalhava os olhos, numa admiração misturada de inveja: "Você é de morte!" Doutrinou o desgraçado: "Teu mal foi entrar de sola. Por que não usaste de diplomacia?" Bezerra apertou a cabeça entre as mãos:

— Só estou imaginando quando o velho souber!

Admitiu:

— Vai subir pelas paredes!

O sogro

E, de fato, o dr. Guedes era o terror e a veneração daquela família. Esposa, filhas e genros, numa unanimidade compacta, tributavam-lhe as mesmas homenagens. Era, de alto a baixo, uma dessas virtudes tremendas que desafiam qualquer dúvida. Infundia respeito, desde a indumentária. Com bom ou mau tempo, andava de colete, paletó de alpaca, calça listrada e botinas de botão. Com os cunhados, Maneco desabafava: "Sabe o que é que me apavora no meu sogro?" Explicava: "Um sujeito que usa ceroulas de amarrar nas canelas! Vê se pode?" Por coincidência, dr. Guedes chegou nesse dia tarde. Já, então, Maneco, com a natural pusilanimidade de marido, solidarizava-se com o resto da família. Grave e cínico, concordava em que o Bezerra batera "todos os recordes mundiais de canalhice". Pois bem. Chega o dr. Guedes com o seu inevitável guarda-chuva de cabo de prata. Vê, por toda a casa, fisionomias espavoridas. A filha mais velha chora. Por fim, o velho pergunta, desabotoando o colete:

— Que cara de enterro é essa?...

Calamidade

Então, a mulher o arrastou para o gabinete. Conta-lhe o ocorrido; concluiu: "Eu admito que um marido possa ter lá suas fraquezas. Mas com a irmã da mulher, não! Nunca!" Repetia: "Com a irmã da mulher é muito desaforo!" O velho ergueu-se, fremente: "Cadê esse patife?" Trincava as sílabas nos dentes: "Cachorro!" No seu desvario, procurava alguma coisa nos bolsos, nas gavetas próximas:

— Dou-lhe um tiro na boca!

E a mulher, chorando, só dizia: "Foi escolher justamente a caçula, uma menina, quase criança, meu Deus do céu!" Mas já o velho abria a porta e irrompia na sala, dando patadas no assoalho: "Tragam esse canalha!" Houve um silêncio atônito. Flávia cutucou o marido: "Vai, meu filho, vai!" Arremessou-se Maneco. Foi encontrar o outro no fundo da garagem, de cócoras, como um bicho. Bateu-lhe, cordialmente, no ombro: "O homem te chama." Foi avisando: "O negócio está preto. Ele quer dar tiros, o diabo a quatro!" Bezerra estacou, exultante: "Se ele me der um tiro, é até um favor que me faz. Ótimo!" Numa súbita necessidade de confidência, apertou o braço de Maneco: "Eu sei que Sandra é uma vigarista, mas se, neste momento, ela me desse outra bola, eu ia, te juro, com casca e tudo!..."

Humilhação

Na sala, foi uma cena dantesca. O sogro o segurava, com as duas mãos, pela gola do paletó: "Então, seu canalha? Está pensando que isso aqui é o quê? Casa da mãe Joana?" Houve um momento em que o desgraçado, soluçando, caiu de joelhos aos pés do velho. As mulheres paravam de respirar, vendo aquele homem receber pontapés como uma bola de futebol. Rosnavam-se, profusamente, as palavras "monstro", "tarado" etc. etc. Só uma estava quieta, impassível. Era Sandra, a caçula. Com um palito de fósforo limpava as unhas, muito entretida. De repente achou que era demais. Ergueu-se, foi até a porta do gabinete e, de lá, chamou: "Quer vir, aqui, um instante, pai?" E insistiu: "Quer?" Justamente, dr. Guedes escorraçava o genro: "Rua! Rua!" Mas a caçula, sem mais contemplações, agarrou-o pelo braço, numa energia tão inesperada e viril que ele se deixou dominar. Entraram no gabinete e a própria Sandra fechou a porta. Estava, agora, diante do espantado dr. Guedes. Foi sumária:

— Papai, eu sei que o senhor tem uma Fulana assim, assim que mora no Grajaú. Percebeu? E das duas, uma: ou o senhor conserta essa situação ou eu faço a sua caveira, aqui dentro!... — Olhou para essa filha, que assim o ameaçava, como se fosse uma desconhecida. Ela concluía: — Bezerra não vai deixar a casa coisa nenhuma. Eu não quero!... — O velho reapareceu, cinco minutos depois, já recuperado. Pigarreou:

— Vamos pôr uma pedra em cima disso, que é mais negócio. O que passou passou. Está na hora de dormir, pessoal.

Então, um a um, os casais foram passando. Por último, Bezerra e a mulher. Ao pôr o pé no primeiro degrau, Bezerra dardejou para Sandra um brevíssimo olhar. E só. A caçula retribuiu, piscando o olho. Cinco minutos depois, estava o velho, grudado ao rádio, ouvindo o jornal falado das 11 horas.

Divina Comédia

No fim de sete anos de matrimônio, o único vínculo do casal eram os cravos do marido, que Marlene gostava de espremer. Fora esta distração profunda e imprescindível, não havia mais nada. Debaixo do mesmo teto, cercados pelas mesmas paredes, eles se sentiam como dois estranhos, dois desconhecidos, sem assunto, um interesse ou um ideal comum. E, como não tinham filhos, a inexistência de criança aumentava o tédio. Até que, um dia, Godofredo toma coragem e ataca, de frente, o problema da monotonia conjugal:

— Sabe qual é o golpe? O grande golpe? A solução batata?

— Qual?

E ele:

— A separação. Que é que você acha? Vamos nos separar?

No momento, Godofredo estava com a cabeça no colo da mulher. Muito entretida, Marlene coçava e catava os cravos do marido com inenarrável deleite. O rapaz insiste:

— Como é? Topas?

Ora, Marlene estava entregue a um mister que lhe parecia de suprema volutuosidade. Justamente acabava de fazer uma descoberta da maior gravidade. Com água na boca, anunciou:

— Achei um formidável! Grande mesmo!

E não sossegou enquanto não completou a extração do cravo monumental. Satisfeita, eufórica, vira-se, então, para Godofredo:

— O que é que você perguntou?

Ele repete:

— Vamos nos separar?

A princípio ela não entendeu:

— Separar?

Godofredo confirma: "Exato." Sem horror, sem drama, apenas surpresa, ela indaga: "Separar por quê? A troco de quê? Sinceramente, não vejo razão." Sóbrio, mas firme, ele protesta:

— Razão há. Tenha santíssima paciência, mas há. Você quer ver como há? Nossa vida é duma chatice inominável. Te juro o seguinte: não há no mundo uma vida mais sem graça, mais besta do que a nossa. Há? Fala francamente.

Marlene parece disposta a uma segunda pesquisa no rosto do marido. Pergunta, meio distraída:

— Você me dá três dias pra pensar?

Godofredo faz os cálculos:

— Três dias? Dou.

A vizinha

Na história matrimonial de ambos, não havia a lembrança de um atrito, de um incidente sério, de um ressentimento. Eles se aborreciam juntos, eis tudo. Para Godofredo, a monotonia era um motivo mais do que suficiente para a separação. Já Marlene, que respeitava mais a opinião dos parentes e vizinhos do que a do próprio Juízo Final, duvidava um pouco. De qualquer maneira, como era uma mártir, uma Joana d'Arc do tédio, é possível que acabasse concordando. Mas aconteceu uma coincidência interessante: no dia seguinte, conhece Osvaldina, sua nova vizinha. Conversa vai, conversa vem, e Osvaldina, sua vizinha, começa a pôr o seu marido nas nuvens.

— Esposa tão feliz como eu pode haver. Mas duvido!

Isto foi o princípio. Formara-se um grupo de mulheres na calçada. E Osvaldina continuou, no mesmo tom de comício: "Estou casada há cinco anos. Muito bem. Vocês pensam que a minha lua de mel acabou? Que esperança!" Houve em derredor um assombro mudo e, possivelmente, um despeito secreto. Uma lua de mel assim infantil e infinita era um fato sem precedente naquela rua, onde o fastio do matrimônio começava ao término da primeira semana. E a fulana prosseguia, cada vez mais cheia de si e do marido:

— Jeremias me beija, hoje, como na primeira noite etc. etc.

De noite, quando Godofredo chegou, Marlene estava indignada. Contou-lhe o caso da vizinha e explodiu:

— Uma mascarada! Pensa que é o quê? Melhor do que ninguém? Ora veja!

Godofredo rosna:

— Deixa pra lá!

Mas ela estava numa revolta sincera e profunda:

— Você conhece o marido dela? Viu? É um espirro de gente, um tampinha! E vou te dizer mais: não chega a teus pés, não é páreo pra ti!

De cócoras, ao pé do rádio, Godofredo estava procurando uma estação. Súbito, a mulher vira-se para ele. Foi misteriosa:

— Ela não perde por esperar! Vou tomar as minhas providências! Quando quero, sou maquiavélica!

Mudança

De manhã, quando o marido ia sair, ela avisou: "Vou te levar ao portão." Ele, que enfiava o paletó, espanta-se: "Que piada é essa?" O espanto era natural, considerando-se que, após dez dias de lua de mel, ela jamais rendera ao marido semelhante homenagem. Interpelada por Godofredo, eleva a voz:

— Piada por quê, ora bolas? Você não é meu marido? Devo tratar meu marido a pontapés?

Ele, sem entender patavina, rosna:

— É fantástico!

E vai saindo na frente. Então, Marlene, dando-lhe o braço, exige: "Presta atenção. Lá fora, vou te beijar, percebeste?" Houve no portão o que o próprio Godofredo chamaria depois de um verdadeiro show. Marlene dependurou-se no braço do esposo e deu-lhe um beijo cinematográfico na boca. Em seguida, enquanto o espantadíssimo Godofredo afasta-se, ela, num quimono rosa, debruçada no portão de madeira, esvazia-se em adeusinhos com os dedos.

A coisa fora tão insólita que, da cidade, o rapaz bateu o telefone para casa, fulo. Começou grosseiramente: "Você bebeu? Acordou com os azeites? Que papelão foi aquele?"

Marlene engrolou as palavras. Ele insistiu:

— Há uns duzentos anos que tu não me beijavas na boca. Por que esse carnaval?

Explicação

Quando voltou do serviço, e pôde conversar com a esposa, Godofredo soube de tudo. Quem tomara a iniciativa de proporcionar aos vizinhos e eventuais transeuntes cenas amorosas ao portão fora a nova vizinha. Osvaldina, com efeito, dava com o marido um espetáculo de incomensurável chamego. Marlene vira aquilo e se doera. Prometera de si para si: "Eu te dou o troco!" E dizia agora ao esposo:

— Essa lambisgoia me atira na cara a sua felicidade. Pensa, talvez, que é a única esposa amada. As outras não são, só ela é que é. Mas comigo não, uma ova!

Devidamente esclarecido, Godofredo esbravejava, por sua vez: "Você resolveu dar um espetáculo e quem paga o pato sou eu? Exatamente eu?" Exaltada, andando de um lado para o outro, Marlene estaca: "Você é marido pra quê, carambolas?" E ele, consternado:

— Mas, criatura, raciocina! Pensa um pouco! A gente não estava combinando o desquite? Separação?

Só faltou bater no marido:

— Você pensa que eu vou dar o gostinho a essa cavalheira? Se eu me separar, ela vai mandar repicar os sinos, vai espalhar que eu fracassei como mulher. Não, nunca! Você não casou comigo? Meu filho, aqui no Brasil não há divórcio, compreendeu? Agora aguenta!

Ele, pasmo, lívido, abria os braços para o teto:

— Essa é a maior! É a maior!

Rivalidade

E, então, todas as manhãs, era um duplo show de indescritível felicidade conjugal. No portão fronteiro, Osvaldina atracava-se ao esposo e submergia-se nas demonstrações mais deslavadas. Beijava-o como se o pobre homem fosse partir para a Coreia ou coisa que o valha. Por sua vez, Marlene não ficava atrás. Como os dois maridos saíssem quase na mesma hora, os dois espetáculos foram muitas vezes simultâneos. A princípio, Godofredo, envergonhado da comédia, quis relutar. Mas Marlene foi intransigente. Definiu em termos precisos a situação:

— O negócio é o seguinte: aqui, dentro de casa, você pode me tratar a pontapés. Mas lá fora, não. Lá fora, eu quero, eu faço questão que você banque o apaixonado até debaixo d'água, sim? Eu nunca te pedi nada. Te peço isso!

Godofredo coçava a cabeça, impressionado. Mas era um bom sujeito, doce de caráter, fraco de coração. Compreendia que, para Marlene, aquela misteriosa mistificação matinal era um problema de vida e morte. Suspirou, arrasado:

— O.k.! O.k.!

Amor de verdade

Todos os dias, ela o instigava: "Vamos embasbacar essa gente, meu filho, conta pra eles que tu me amas com loucura e vice-versa." Pouco a pouco, o espírito de concorrência, de rivalidade, foi se apoderando de Godofredo. À noite, depois do jantar, os dois saíam num agarramento, numa inconveniência de namorados. Já se rosnava na rua: "Aqueles dois são impróprios para menores!" Simulavam também, no cinema, um falso assanhamento que indignava as pessoas próximas. Em casa, trancados, tiravam a máscara e agiam com a maior circunspeção. Mas tanto fingiram que, uma noite, a portas fechadas, ele se vira para a mulher: "Dá cá um beijinho." Então, espantado, inquieto, Godofredo saboreia o beijo, como se lhe descobrisse, subitamente, um sabor diferente e mágico.

Levanta-se e vem, transfigurado, beijar sôfrego e brutal a pequena. Arquejante, balbucia:

— Gostei.

Pronto. A partir de então, começaram uma nova e inenarrável lua de mel.

Quem morre descansa

Ela batia à máquina quando Norberto apareceu. Fez a pergunta:
— Pode-se bater um papinho contigo?
— Quando?
— Depois do serviço?
— O.k. E onde?

Ele vacilou: "Olha, eu te espero naquele bar da esquina." Julinha, com o coração disparado, balbuciou: "Eu estarei lá. Batata." E não trabalhou mais direito. Findo o expediente, correu no reservado das moças, e espiou-se no espelho; retocou a pintura dos lábios e passou pó no nariz; muito lustroso. Norberto a esperava, num canto do bar, com uma garrafa na frente. Deu-lhe a cadeira e requisitou o garçom. Perguntou à pequena:

— Você toma o quê?

Julinha, que não estava passando bem do estômago, pediu: "Água tônica." Enquanto o garçom ia e vinha, Norberto foi direto ao assunto: "Você sabe, não sabe, que eu sou casado?" Suspirou:

— Sei.

E ele:

— Muito bem. Sabe, também, que eu gosto muito de você?

Disse que não tinha certeza, mas desconfiava. Ele insistiu: "Pois gosto e muito, mais do que você pensa." E, súbito, fez-lhe a pergunta que a surpreendeu e deixou sem fala: "Quer casar comigo?"

A esposa

Durante alguns momentos, ela não soube o que dizer, não soube o que pensar. Balbuciou:

— Quer dizer, queria. Mas como? E sua mulher?

Mas Norberto estava preparado para a pergunta: "O negócio é o seguinte, meu anjo: minha mulher está muito mal." E era verdade. A mulher de Norberto era muito franzina, um peito cavado, asmática, tinha uma vida de sacrifício. No inverno, pagava todos os pecados, qualquer resfriado bobo a deixava sem ar e tinha sufocações tremendas. Vivia em casa, estiolando-se, cada dia pior. Há coisa de oito meses, fizera uma radiografia do estômago. Constatara-se a úlcera; e, depois, uma do pulmão, que revelara a tuberculose. Chocada com essas variedades de doenças, de provações, Julinha deixou escapar a exclamação: "Que horror!" Norberto prosseguiu:

— Queres ver uma coisa? Hoje eu a deixei pondo sangue pela boca. E não se sabe se a hemorragia é da úlcera do estômago ou do pulmão.

— Coitada!

— O médico já avisou que ela não dura muito. Uns três ou quatro meses. E talvez morra antes, de um colapso. Uma calamidade. Mas o que eu queria te dizer era o seguinte: tu gostas de mim e eu de ti; e te dou minha palavra que, logo que possa, me casarei contigo. Tu esperas?

Julinha ergueu o rosto e disse, com muita doçura:

— Espero.

O outro

A partir de então, sua vida foi uma espera de todos os dias, horas e minutos. Havia no escritório um outro companheiro interessado em conquistá-la. Era o Queiroz. Tomara-se de amores pela menina e, muito obstinado, não a deixava em paz. Não fosse a súbita declaração de Norberto, que ela preferia, e talvez tivesse admitido um namoro experimental com o Queiroz. Mas Norberto, vendo o assédio do outro, se antecipara. E, no dia seguinte, quando o Queiroz reiterou um antigo convite para um "cineminha", a garota pôs as cartas na mesa:

— Tem santíssima paciência, mas não pode ser. Eu gosto de outro.

— Não acredito!

E ela: "Te juro." Como o rapaz teimasse na incredulidade, fez o juramento extremo: "Quero ver minha mãe morta, se não é verdade." Atônito, ele balbuciou a pergunta: "Mas quem é o cara?"

— Segredo.

— Ué!

Julinha acabou se irritando: "Além disso, eu não tenho que dar satisfação de minha vida." O rapaz saiu dali amargo, depois de rosnar: "Esse negócio está me cheirando a homem casado." E o fato é que, desde então, ele passou a vigiar ferozmente a pequena. Soube que Norberto e Julinha tinham sido vistos, depois do serviço, no bar da esquina. Esbravejou:

— Cachorro!

O martírio

Sempre que chegava ao emprego, Julinha olhava para a mesa de Norberto. Quando ele não vinha, perguntava a si mesma: "Será que ele não veio porque a mulher dele morreu?" Corria ao contínuo:

— Quedê seu Norberto?
— Foi tomar café.

Ela sabia então que a outra estava viva. Por causa do controle do Queiroz, os dois procuravam disfarçar tanto quanto possível. Com sua lógica de mulher, Julinha ponderava: "Afinal de contas, você é um homem casado e eu sou uma moça de família." Por outro lado, o sigilo que era obrigada a manter constituía um elemento de mistério, interesse, excitação. E assim, dias após dias, Julinha acompanhava à distância o martírio da outra. Às vezes, Norberto ia à rua telefonar para ela e dramatizava: "Minha mulher está que é só pele e osso. Não sei como ainda vive." A princípio, Julinha tinha escrúpulos de esperar e mesmo desejar a morte da infeliz. Mas, com o correr dos dias, o hábito de falar no assunto a sensibilizou. E, um dia, surpreendeu-se a si mesma: "No duro, no duro, me responde. Ela vai até quando, mais ou menos?" Norberto fez os cálculos:

— Uns 15 dias.

Em casa, no quarto, Julinha pôs-se a imaginar: "Quinze dias. Mais uns seis meses etc. Daqui a um ano posso estar casada." Mas os 15 dias se passaram. E nada. No telefone, ela perguntou, com uma irritação que procurava dissimular: "Como é, fulano? Você disse 15 dias e quando acaba..." Do outro lado do fio ele desabafava:

— Pois é. Que espeto! Sabe que eu estou besta com a resistência? O médico disse hoje que, assim, nunca viu.

Julinha suspirou: "Paciência. Paciência." Mas já começava a admitir mesmo que o estado da outra não fosse tão grave assim. E, por fim, interpelou Norberto: "Quem sabe se você não está me tapeando?" Ele jurou que não, deu a palavra de honra. Julinha, deprimida, fez a revelação:

— Olha que eu já estou fazendo despesas com o enxoval. Comprei muita coisa. Veja lá!

Ele, seguro de si e do destino, foi categórico: "Ótimo, ótimo. Pode ir comprando tudo. É bom, sim. E o vestido de noiva eu faço questão de te dar. Quero um bacana."

Agonia

Mais 15 dias e a esposa de Norberto, apesar da úlcera, da tuberculose e da asma, resistia. Ele, desesperado e sentindo que a pequena duvidava, propôs-lhe: "Vamos fazer o seguinte: vou arranjar um pretexto do serviço e te levo lá em casa. Queres?" Julinha, que já se julgava vítima de uma mistificação, disse: "Pois quero." No dia seguinte, entrava na casa da rival. E seu estômago se contraiu quando viu a outra no fundo da cama. Era, de fato, um esqueleto. Um esqueleto com um leve, muito leve, revestimento de pele. Parecia incrível que aquela criatura ainda estivesse respirando, ainda vivesse. Na primeira oportunidade, Norberto soprou-lhe:

— Não te disse? Batata, meu anjo. É um fenômeno de resistência. Qualquer dia, morre.

Coincidiu que o médico aparecesse e, falando com Norberto e Julinha, foi terminante: "É um milagre, sua mulher já devia estar morta." Julinha, impressionada, sugeriu: "Deve ser um sacrifício a vida dessa criatura. Um martírio." O médico admitiu com a voz cava:

— Natural.

E continuou a espera. Então, pouco a pouco, Julinha se desesperou. Começava a admitir na sua meditação que a outra não morresse nunca, que se tornasse definitivamente uma múmia. O Queiroz, teimoso, não cessava o assédio. E, sem querer, ela já o tratava de outra maneira, quase com afeto. Ele era positivo: "Eu me caso contigo em dois meses." Julinha adotou uma

atitude que não deixava de ser um estímulo. Disse: "Deixa o barco correr."
Dias depois, foi mais longe:

— Te dou a resposta dentro de um mês.

A morte

Esperava que, dentro desse prazo, a outra morresse. Pois bem. Passou-se o mês e nada. Perdeu a paciência: "Não interessa. Estou bancando a palhaça." O Queiroz, que contava os dias na folhinha, esperou-a sôfrego: "Como é? Já decidiste?" Julinha teve um fundo suspiro:

— Já.
— E então?
— Sim.

Combinaram ali mesmo, em voz baixa, tudo. Ele, agitado, queria o máximo de rapidez, e batia sobretudo numa tecla: "Dois meses, no máximo." Esfregou a mão, feliz, quando soube que Julinha já preparara muita coisa do enxoval. Acabou soprando: "Vem cá um instantinho." Levou-a ao corredor e deu-lhe um beijo na boca. Voltando ao escritório, saiu de mesa em mesa, anunciando: "Estamos noivos." Foi uma farra entre os colegas. De repente, bate o telefone: Julinha atende e... Teve um choque quando reconheceu a voz de Norberto. Falando baixo, com a boca encostada no telefone, Norberto anunciava:

— Minha mulher entrou em agonia. Agora é batata. Questão de minutos. Um beijo pra ti. — E desligou.

Por alguns instantes ela não soube o que fazer. Numa alegria lancinante, tinha os olhos marejados, já esquecida do compromisso com o Queiroz. E, quando este veio lhe falar, ela não teve o mínimo tato. Disse-lhe à queima-roupa: "Olha, nada feito. Você me desculpa" etc. etc.

Ele, branco, ainda insistiu: "Você não pode fazer isso comigo. Eu não sou nenhum moleque." Mas quando se convenceu que a tinha perdido, não teve dúvidas. Era nortista, afundou-lhe o punhal num dos seios. Julinha expirou, ali mesmo, antes que a assistência chegasse.

Pouco depois, batia o telefone. Era de novo Norberto, que vinha avisar que a esposa morrera, afinal. Mas ninguém, ali, teve cabeça para atender. Norberto acabou desistindo. Voltou para junto da esposa morta, com a natural compostura de um viúvo. E fez, para os presentes, o seguinte comentário:

— Quem morre descansa.

O grande viúvo

Na volta do cemitério, ele falou para a família:

— Bem. Quero que vocês saibam o seguinte: minha mulher morreu e eu vou também morrer.

Houve, em torno, um espanto mudo. Os parentes entreolharam-se. O pai do viúvo ergueu-se:

— Calma, meu filho, calma!

Jair virou-se, violento:

— Calma porque a mulher é minha e não sua! Pois fique sabendo, meu pai: eu não tenho calma, não quero ter calma e só não me mato agora mesmo, já, sabe por quê?

Uma tia solteirona atalhou:

— Tenha fé em Deus!

Por um momento, Jair esteve para soltar um palavrão. Dominou-se, porém. Numa serenidade intensa, fremente, completou:

— Não me mato imediatamente porque quero fazer o mausoléu de minha mulher. Aliás, dela e meu. Quero dois túmulos, lado a lado. E vocês já sabem: desejo ser enterrado com Dalila, perceberam?

Ninguém disse nada, e vamos e venhamos: é muito difícil argumentar contra o desespero. E quando Jair passou, imerso na sua viuvez, a caminho do andar superior, os presentes o acompanharam com o olhar, esmagados de tanta dor. Ele subiu, lentamente, a escada e foi trancar-se, no quarto.

O inconsolável

Na ausência do rapaz, um tio arrisca: "Será que ele se mata?" O pai apanha um cigarro e dá sua opinião:

— Não creio. Cão que ladra não morde.

Ponderam:

— Às vezes, morde.

E o velho, que era um descrente de tudo e de todos:

— O que sei é o seguinte: a dor de um viúvo ou de uma viúva não costuma durar mais de 48 horas.

— Não exageremos!

O pai, porém, insistia, polêmico:

— Sim, senhor, perfeitamente! — E referiu um caso concreto, que todos conheciam: — Por exemplo: a nossa vizinha do lado. O marido foi enterrado de manhã e, de tarde, ela estava no portão, chupando Chicabon. Isso é dor que se apresente?

O episódio do sorvete calou fundo na sala. Sentindo o sucesso, o velho carregou no otimismo:

— Vamos dar tempo ao tempo. Isso passa. — E concluiu, profundo: — Tudo passa.

A dor

Quinze dias depois, porém, o viúvo estava tão desesperado como no primeiro momento. Não se podia dar um passo, naquela casa, que não se esbarrasse, que não se tropeçasse num retrato, numa lembrança da morta. E mais: sabia-se, por indiscrição da arrumadeira, que Jair dormia, todas as noites, com vestidos, camisolas, pijamas da esposa. Certa vez, foi até interessante: ele meteu a mão no bolso e tirou, de lá, sem querer, uma calcinha da falecida. O próprio pai já não sabia o que dizer, o que pensar. Começou a rosnar que o filho estava lelé, tantã. Com o seu implacável senso comum chegou a cogitar de internação. Tiveram que chamá-lo à ordem:

— Internação para saudade? Para viuvez? Sossega o periquito!

— Mas, qualquer dia, ele mete uma bala na cabeça, ora pipocas!

Alguém lembrou o que Jair dissera, isto é, que só se mataria quando estivessem concluídas as obras do mausoléu. Diante desse filho que entupia os bolsos com as calcinhas da falecida, o ancião gemia: "Por que que uma grande dor é sempre ridícula?" Desesperava-o que Jair passasse os dias, no cemitério, agarrado a um túmulo, chorando como no primeiro dia. E o pior é que a viuvez do filho era altamente declamatória. De volta do cemitério, ele vinha para casa deblaterar:

— Não se esquece a melhor mulher do mundo! Eu desafio que alguma mulher chegue aos pés da minha!

Dalila era muito mais amada morta do que em vida. O próprio Jair acabou sentindo um certo orgulho, uma certa vaidade, dessa dor que não arrefecia. E continuava fiel à ideia do suicídio. Batia sempre na mesma tecla: não acreditava nos viúvos e nas viúvas que sobrevivem. E quando, certa vez, o pai quis argumentar contra esse suicídio datado, ele cortou:

— Meu pai, não adianta: o senhor já perdeu o seu filho. Sou, praticamente, um defunto.

E coisa curiosa: fosse por autossugestão ou por motivo de saúde, o fato é que a pele de Jair adquiria um tom esverdeado de cadáver.

O outro

Então, a família começou a procurar, desesperadamente, uma maneira de salvá-lo. Foi quando um primo longe de Jair teve uma ideia. Chamou o pai do rapaz e começou:

— Olha aqui, o negócio é o seguinte: só há um meio de curar Jair.

— Qual?

O outro baixa a voz:

— Destruindo o amor que o prende à falecida.

O velho esbugalha os olhos: "Mas como? Com que roupa? É impossível!" Seguro de si, o primo encosta o cigarro no cinzeiro: "Nada é impossível!" Pigarreia e continua:

— Digamos que se descobrisse, de repente, que a falecida teve um amante.

O outro pulou:

— Mas Dalila era honestíssima, séria pra chuchu!

Ri o primo:

— Que era séria, sei eu. Mas até aí morreu o Neves. — Novo pigarro e insinua: — Nenhuma mulher, viva ou morta, está livre de uma boa calúnia. Podíamos inventar, não podíamos, um amante de araque? E quem pode provar o contrário?

Pálido, o pai balbucia:

— Continua.

E o outro:

— Ora, uma vez convencido de que Dalila foi uma vigarista, Jair perderia, automaticamente, a paixão. Compreendeu o golpe?

Custou a responder:

— Compreendi.

A revelação

O achado da calúnia era tão persuasivo que, depois de uns escrúpulos frouxos, a família aprovou a ideia. Disseram, a título de escusa: "Os fins justificam os meios." Uma manhã, enquanto prosseguiam, no cemitério, as obras do mausoléu, convocam o viúvo. O pai, nervoso, começa perguntando: "Você tem certeza que sua esposa merecia a sua dor?" Jair percebeu, no ar, a insinuação. Aperta o pai que, em dado momento, não tem outro remédio senão desfechar o golpe: "Embora seja muito desagradável falar de uma morta, a verdade é que Dalila teve um amante!" O viúvo recua: "Que amante? Como amante?" E não queria entender. Então, possuído pela calúnia, cada um, ali, confirmou que sabia do amante, sabia da infidelidade. Atônito, ele perguntava: "Mas quem era ele? Quero o nome! Quero a identidade!" A verdade é que ninguém tinha pensado no detalhe. Fora de si, Jair agarrou o pai pelos dois braços e o sacudia:

— Eu estou disposto a acreditar no amante. Mas quero saber quem foi. Quem é? Digam! Pelo amor de Deus, digam!

O pai refugiou-se na desculpa pusilânime: "Diz-se o milagre, mas não o nome do santo!" Então, o filho fez, à frente de todos, promessas delirantes: "Vocês pensam que eu vou matar? Fazer e acontecer? Juro que não! Não tocarei num cabelo do cara!" E berrava, no meio da sala:

— Se me disserem quem foi, eu não me matarei! Preciso desse homem para viver, digam! Ele será meu amigo, meu único amigo, para sempre amigo!

Pausa. Espera o nome. E como ninguém fala, ele já dá um pulo para trás e puxa o revólver que, desde a morte da mulher, jamais o abandonava. Encosta o cano na fronte:

— Ou vocês dizem o nome ou me mato, agora mesmo!

Então, o pai vira-se na direção do primo e o aponta:

— Ele!

Apavorado, o primo não sabe onde se meter. Jair pousa o revólver em cima do piano. Aproxima-se do outro, lentamente. Súbito, estaca e abre os braços para o céu:

— Graças por ter encontrado quem possa falar de Dalila comigo, de igual para igual! — Agarra o primo em pânico: — Diz para esses cabeças de bagre se ela foi ou não a melhor mulher do mundo? — E chorava no ombro do pobre-diabo, como se este fosse, realmente, seu irmão, seu sócio, seu companheiro em viuvez.

Gagá

Era jeitosa de rosto e de corpo. Já no seu primeiro dia de repartição, foi advertida pelas companheiras:

— Abre o olho!

— Por quê?

Em meio de risinhos e cochichos, continuaram a maledicência:

— O seu Maviel não é sopa!

Ingênua por natureza e por educação, alma sem malícia, encarou as outras, surpresa. Interpelou-as: "Vem cá. Não é sopa como?" Deram informações mais copiosas e precisas:

— Não pode nem ver mulher. Já deu em cima de todas as funcionárias da secção. Uma fera!

Lourdinha ainda resistiu, na sua ilimitada boa-fé: "Mas é batata isso?" Houve uma confirmação geral:

— Batatíssima!

E uma das colegas, Arlete, mais petulante do que as outras, foi mais longe: "Aposto o diabo contigo como, na primeira oportunidade, ele dá em cima de ti." Mais do que depressa, a pequena trançou os dedos, numa figa preventiva. Disse: "Eu, hein?" A outra insistiu: "Queres apostar?" Quase ofendida, empinou o queixo:

— Mas eu sou noiva, o que é que há?

Recrudesceram os risinhos. Explicaram, então, que não fazia a menor discriminação de casadas, noivas, viúvas e desquitadas. Segundo Arlete, ele era um pouco dessa lógica patética segundo a qual o que cai na rede é peixe. A rigor, seu Maviel só tinha uma predileção especial: os "brotinhos". Rodeando Lourdinha, as outras teimavam:

— Espera e verás!

O velho

Lourdinha ficou com a pulga atrás da orelha. Mas quando viu o chefe, com cabelos ralos e grisalhos, de óculos, uma aparência de cinquenta anos bem vividos, caiu das nuvens. E foi, correndo, reclamar da outra: "Ora, não amola! Um velho gagá!" Arlete debruçou-se sobre a máquina e repetiu: "Vai por mim; abre o olho!" Durante os primeiros sete dias de serviço, Lourdinha teve, por exigências do serviço, uma série de aproximações com o chefe. Este, porém, justiça se lhe faça, foi de uma correção, de uma polidez, de uma cerimônia verdadeiramente exemplares. E era até engraçado vê-lo chamar de "dona" e "senhora", apesar dos seus 17 anos. Jamais dissera uma palavra suspeita, jamais esboçara um gesto equívoco. No exercício de suas funções e durante o expediente, era o burocrata e nada mais. As colegas é que não se conformavam. Sempre que ela saía do gabinete, com pastas debaixo do braço, a crivavam de perguntas:

— Como é? Ele te deu em cima? Conta, conta!

Lourdinha era categórica:

— Vocês são de amargar, puxa! Deu em cima de quem? Que mania! — E reafirmava: — Me trata com o máximo respeito!

Um dia, porém, foi fazer uma consulta ao seu Maviel, quando este, pigarreando, perguntou: "Que idade tem a senhora, d. Lourdes?" Parecia uma curiosidade natural e platônica. Respondeu:

— Dezoito.

Tirou os óculos, limpou a lente com um lenço fino:

— Sabe qual é a minha? — Repôs os óculos e continuou: — Vamos ver se você adivinha. Que idade eu pareço ter?

Balbuciou, perturbada: "Não sei, não, senhor." Ele, porém, cordial, animava: "Pode dizer. Diz." Sob a pressão do outro, arriscou: "Quarenta e cinco?"

Seu Maviel riu, divertido; e retificou alegremente: "Errou!" E então, tocada pela cordialidade, pela confiança do chefe, quis saber: "Quantos?" Estufou o peito:

— Cinquenta! Percebeu? Meio século! Quer dizer, tenho 33 anos mais que a senhora. Podia ser seu pai! — E suspirando, acrescentou: — Já não dou mais no couro!

Ergueu-se, fez a volta da secretária e veio até onde estava a moça. Pousou a mão na sua cabeça. Em voz baixa, disse: "Não se esqueça nunca do seguinte: eu podia ser seu pai. Não podia, hein? Fala, meu anjo..." Confusa, balbuciou: "Podia." Ele esfregou as mãos, numa satisfação profunda; pigarreou, concluindo:

— Pode ir! Pode ir!

O protetor

As amigas continuavam curiosas: "Deu-se alguma piada?" Respondia: "Nenhuma." No dia seguinte, pela manhã, o boy veio chamar Lourdinha, a mando do seu Maviel. Pela primeira vez, ele a convidou: "Senta. Pode sentar." E, então, com extrema naturalidade, indagou: "Você tem namorado?" Disse: "Sou noiva." E ele: "Ótimo! Ótimo!" Quis saber, em seguida, se o noivo ganhava bem. Quando soube que não, que tinha um salário de fome, suspirou, grave:

— Isso é que é mau! Isso é que é mau!

Estava sentado na cadeira giratória. Levantou-se e começou a andar, de um lado para outro, com as mãos nos bolsos. Dir-se-ia um conferencista. E foi dizendo uma porção de coisas, inclusive isto: "Quero ser teu protetor." Prevenindo uma interpretação errada de suas palavras, explicou: "Posso te falar assim, pelo seguinte, sou um velho. Tenho uma filha da tua idade. E, contigo, é até engraçado: eu me sinto uma espécie de pai."

Sem querer e sem sentir, já a chamava de "tu" e "você", misturando os dois tratamentos. Transformava a própria velhice num argumento invencível: "O velho tem suas vantagens. Primeiro: não ameaça ninguém." Novamente, pousou a mão na cabeça da pequena: "Sou uma ameaça pra ti, um perigo?" Ele próprio daria a resposta terminante: "Evidentemente não. Com meus cabelos brancos, a única coisa que eu posso ser, no duro, é uma espécie de Papai Noel." Estacou e, já agora, segurava a ponta do queixo de Lourdinha. Baixo, perguntou: "É ou não é?" Admitiu:

— É.

Arrependeu-se logo de ter concordado. Mas o fato é que o outro, com a ascendência dos anos e de hierarquia, com a lógica aparente dos argumentos, tornava naturais as coisas mais incríveis. Houve um momento em que seu Maviel prendeu entre as mãos o rosto atônito de Lourdinha. Ela mal respirava, numa passividade de todo o ser. E tinha uns olhos fixos de hipnotizada. Quando saiu de lá, as coleguinhas a esperavam com o comentário:

— Olha que esse cara tem uma papa tremenda. Com a conversa de que é velho, vai longe!

O cinema

Durante dois dias, não recebeu nenhum chamado do gabinete. Via o chefe, a distância, e de passagem. A princípio, respirou, feliz: "Graças a Deus!" Mas outras funcionárias entravam e saíam de lá. Menos ela. E isso foi, com o correr das horas, criando, no mais íntimo de si mesma, uma certa irritação. À tarde, quase à hora de fechar o expediente, seu Maviel veio ver um processo numa mesa próxima. E não teve um único olhar, uma única palavra, para ela. Batendo à máquina um ofício, Lourdinha comentou, de si para si: "Que graça!" Nesse dia, saiu do emprego de mau humor. O noivo a aguardava, na esquina. Enquanto esperavam o ônibus, o rapaz foi advertindo: "Me contaram que teu chefe é um velho sem-vergonha. Se ele se engraçar pra teu lado, tu me diz, que eu vou lá e sabe como é, parto-lhe a cara!" Lourdinha, que não gostava de homem genioso, ralhou:

— Deixa de valentia, sim?

Na manhã seguinte, seu Maviel mandou chamá-la, logo cedo. Desta vez, foi mais direto ainda. Confessou: "Gostaria muito, imenso, de ajudar você no seu enxoval etc. etc." E, sem desfitá-la, perguntou: "Queres ir a um cinema comigo?" E insistia: "Um cineminha?" Durante um minuto, dois, foi incapaz de uma resposta: não estava indignada e... Com esforço, balbuciou:

— Não vale a pena.

Seu Maviel, amargo, lembrou: "Olha que eu tenho uma filha da tua idade!"

Mas, nessa tarde, cruzaram-se, acidentalmente, na rua, depois do expediente, os três: de um lado, Lourdinha e o noivo e, do outro, seu Maviel. Ora, o noivo de Lourdinha, forte, atlético, bonitão, era desses homens que viram a cabeça de qualquer mulher. E, pela primeira vez, seu Maviel teve a amargura da idade e sofreu, de uma maneira aguda e intolerável, a humilhação de ser velho. Havia entre seus cinquenta anos e a vitalidade do outro um contraste esmagador. Entrou em casa à noite, numa tristeza irremediável. A mulher estranhou:

— Que cara sinistra é essa?

Explodiu:

— Ora, não me aborrece você também!

A esposa, meio neurastênica, replicou, num tom equivalente: "Que cavalo!" E foi só. Por coincidência ou por autossugestão, acordou, no dia seguinte, com dores nas articulações. Ironizou: "Reumatismo da idade!" Entrou na repartição com uma dessas melancolias que arrasam os mais resistentes. Chamou um companheiro de trabalho, idoso como ele, e fez as confidências mais patéticas: "O negócio é o seguinte, Fulano: o velho não tem vez, o velho nem devia existir." O outro, impressionado com esse lamento, indagou: "Que bicho te mordeu?" Teve vergonha de entrar em maiores confidencias; despistou: "Sou um palhaço muito grande." Pois bem. Passou uns três dias de cara amarrada, sem olhar para Lourdinha. E não lhe saía da cabeça a imagem do noivo juvenil, com seus ombros, seu busto de Tarzan de praia. Até que, um dia, estava sozinho, quando Lourdinha entra no seu gabinete e faz a pergunta: "Seu Maviel, o senhor está zangado comigo?" Ergueu-se, pálido. Gaguejou: "Eu?" Continuou, sem desfitá-lo:

— O senhor nunca mais me chamou. Parece, até, que está me evitando!

O velho arriou na cadeira giratória: "Estou velho, muito velho..." Teve ainda um desabafo brutal: "Não sou nada, nada, diante do teu noivo. Aquilo é que é homem!" Então, aquela menina de 17 anos fez a volta da mesa, numa espécie de fascinação. Apertou o rosto do chefe entre as mãos, beijou-o na boca, muitas vezes.

O homem fiel

Até o quinto encontro, Simão foi um namorado exemplar. Tratava a pequena como se fora uma rainha, e mais: levava-lhe, todos os dias, um saco de pipoca, ainda quentinho, que comprava num automático da esquina. Encantada, Malvina vivia dizendo, para a mãe, as irmãs e as vizinhas: "É o maior! O maior!" Mas no sexto encontro, faz-lhe uma pergunta:

— Tu acreditas em Deus?

Respondeu:

— Depende.

Admirou-se:

— Como depende?

Simão foi de uma sinceridade brutal:

— Acredito, quando estou com asma.

Malvina recuou, num pânico profundo. No primeiro momento, só conseguiu balbuciar: "Oh, Simão!" Mas ele, com a sinceridade desencadeada, continuou:

— Com asma, eu acredito, até, em Papai Noel!

Então, Malvina, que tinha suas alternativas místicas, rebentou em soluços. Por entre lágrimas, exclamava: "É pecado! É pecado!" E gemeu, ainda:

— Deus castiga, Simão, Deus castiga!

O asmático

O pranto da menina não estava nos seus cálculos. Era, no fundo, um sentimental, um derramado, e só faltou ajoelhar-se aos seus pés. Pedia, fora de si: "Perdoa, meu anjo, perdoa." A garota apanhou o lencinho na bolsa, assoou-se e teve a acusação inofensiva: "Você é mau, Simão!" Apaixonado pela menina, tratou de reconquistá-la: "Escuta, coração." E começou a explicar que não perpetrara nenhuma troça cruel e sacrílega. Afirmou que todos os seus defeitos e todas as suas qualidades, inclusive a fé, eram de fundo asmático.

Exemplificou:

— Quando eu me casar, hei de ser fiel. Mas podes ficar certa: como tudo o mais, a minha fidelidade há de ser de fundo asmático.

A menina toma um choque. Por um momento, esqueceu a irreverência que, a princípio, lhe parecera diabólica. Já que ele falava em fidelidade, ela dispõe-se a esquecer a duplicidade de ateu intermitente e de crente eventual. Era uma dessas criaturas para quem tudo se resume no problema de "ser ou não ser traída". Agarrou-se a ele:

— Responde: tu não me trairás nunca?

Bufa:

— Com minha asma, eu não aguento nem com uma, quanto mais com duas mulheres!

E ela:

— Meu filho, quero te dizer uma coisa: topo fome, pancada, tudo, menos traição. Traição, nunca!

Simão agarrou a pequena. Beijou-a na face, na boca e no pescoço. A mão correu pelas costas, afagou-a nos quadris. Com as nádegas crispadas, Malvina sentia-se agonizar, morrer. Ele disse, já com dispneia:

— O asmático é o único que não trai!

As bodas

Até o dia em que se fizeram noivos, foi este o único incidente. Daí por diante, não se podia desejar maior concordância de tudo: de educação, de temperamento, de gosto, de inteligência. Ele se dividia entre as duas: a garota, que era a sua paixão, e a asma que, de quando em vez, o acometia. Na primeira vez em que o viu com acesso, ela compreendeu, subitamente, tudo. Na casa dos pais, de bruços sobre a mesa, o infeliz pedia:

— Andem sem sapatos, andem de meia!

Até um som parecia agravar as suas tremendas dificuldades respiratórias. E a família andava realmente na ponta dos pés, ou descalça, falando baixo ou não falando. Malvina voltou apavorada. Na sua impressão profunda, disse para a mãe e para as irmãs:

— Agora eu compreendo por que um asmático não pode ter amantes!

Ficaram noivos e marcaram o casamento para daí a seis meses. Malvina adquirira ideias próprias sobre a felicidade matrimonial. Doutrinava as amigas:

— Descobri que o marido doente é uma grande solução. Pelo menos, não anda em farras!

Protestaram: "Nem oito, nem oitenta!" Então, na sua veemência polêmica, ela argumentou com o próprio caso pessoal:

— Por que é que eu briguei com o Quincas? Ele tinha uma saúde formidável e que me adiantou? Me traía com todo o mundo e não respeitava nem minhas irmãs!

Era verdade. O antecessor de Simão era um rapaz atlético, de impressionante perfil, moreno como um havaiano de Hollywood. Mas Malvina, que o amava com loucura e, além disso, tinha vaidade do seu físico, rompera por causa de suas infidelidades constantes e deslavadas.

As bodas

Graças a Deus, não teve, jamais, com o Simão, o problema da fidelidade. Até com a noiva ele era moderadíssimo. E se a menina, na sua patética vitalidade, expandia-se demais, o rapaz atalhava: "Não exageremos, meu anjo." Ela, que se gabava de ter controle, obedecia, imediatamente. Até que chegou a véspera do casamento. Na altura das duas da noite, Simão despediu-se. Malvina, amorosíssima, veio levá-lo até o portão. Suspirava: "Falta pouco, não é, meu filho?" E quando o noivo já partia, Malvina o retém, com o pedido: "Dá um beijo, mas daqueles!" E já entreabria, já oferecia a boca, num anseio de todo o ser. Ele, porém, recua: "Não, meu bem, não!" Pergunta, sem entender: "Por quê?" E ele:

— Bem; é o seguinte: fui, hoje, a um novo médico e ele disse que eu não devia me emocionar.

— Ué!

O noivo insistiu:

— Pois é. Pediu que eu tivesse cuidado com a lua de mel, porque esse negócio de amor mexe muito com a gente e pode provocar uma crise.

Atônita, Malvina não teve o que dizer. Contentou-se com o beijo que Simão lhe deu na face e voltou, para dentro, com uma certa angústia. No dia seguinte, houve o casamento: no civil, às duas e meia, e o religioso, às cinco. Como ameaçasse chuva, Simão voltou da igreja atribuladíssimo. No automóvel, veio dizendo, já ofegando:

— Imagina tu a calamidade em 28 atos: estou sentindo uns troços meio esquisitos!

Malvina, muito doce e muito linda no vestido de noiva, balbucia:

— Isola!

Primeira noite

Passaram, rapidamente, pela casa dos pais da noiva. No convite, estava a advertência: "Cumprimentos na igreja." Malvina mudou a roupa, despediu-se dos parentes de ambos os lados e partiram de táxi para a nova residência, um apartamento não sei onde. Estava ventando e Simão, no pavor da asma, explodiu: "Espeto! Espeto!" De braço com o marido, no táxi, Malvina quis ser otimista: "Não há de ser nada!" Pois bem: chegam no apartamento. A pequena que, há tanto tempo, sonhava com aquele momento, atira-se nos braços do noivo: "Beija-me! Beija-me!" Há esse primeiro beijo, que a menina, fora de si, quer prolongar. Súbito, Simão desprende-se. Ela tenta retê-lo, mas o rapaz a empurra. Arquejante, uns olhos de asfixiado, está dizendo:

— A asma! A asma!

Atira-se em cima de uma cadeira, imprestável. Estupefata, ela protesta: "Mas logo agora!" E ele, liquidado: "O beijo atrai a asma!" Malvina está desesperada. Vem sentar-se ao seu lado. Simão, porém, a escorraça: "Pelo amor de Deus, não fala comigo! Vai dormir..." A pequena ainda quis acariciá-lo nos cabelos, mas ele a destratou: "Vocês só pensam em sexo!" Era demais — sem uma palavra, ela foi para o quarto, ao passo que o marido, na sala, desmoronado, arquejava como um agonizante. Assim passaram a primeira noite e mais: as 15 noites subsequentes. Só na 16ª é que Simão começou a melhorar. Então, Malvina foi visitar a mãe. E, lá, diante da velha, explodiu em soluços:

— Eu sou a esposa que não foi beijada, mamãe.

A velha quis, em vão, consolá-la. Saiu, de lá, mais desesperada do que antes. O marido a recebe com a seguinte ideia: "Descobri, minha filha, que o beijo provoca asma. Vamos rifar o beijo." Resposta: "Você é quem sabe." Mas três dias depois, Malvina liga para o Quincas:

— Você pode ser cínico, sujo, canalha, mas sabe amar.

Conversaram uma meia hora. No fim, Quincas passou-lhe a rua e o número de um apartamento, em Copacabana. No dia seguinte, Malvina foi lá.

O decote

Era uma mãe enérgica, viril, à antiga. Diabética, asmática, com sessenta anos nas costas, apanhou um táxi na Tijuca, e deu o endereço do filho, em Copacabana. Chegou de surpresa. A nora, que não gostava da sogra perspicaz e autoritária, torceu o nariz. Já o filho, que a respeitava acima de tudo e de todos, precipitou-se, de braços abertos, trêmulo de comoção:

— Oh, que milagre!

Deu-lhe o braço. Há dois anos, com efeito, que d. Margarida não entrava naquela casa. Indispôs-se com a nora, cuja beleza a irritava, e cortou o mal pela raiz: "Não ponho mais os pés aqui, nunca mais." Clara deu graças a Deus. Aquela sogra, sem papas na língua, a exasperava. E Aderbal, que era um bom filho e melhor marido, limitou-se a uma exclamação vaga e pusilânime: "Mulher é um caso sério!" Foi só. Eis que dois anos depois, abandonando sua rancorosa intransigência, d. Margarida punha os pés naquela casa. Foi um duplo sacrifício, físico e moral, que ela se impôs, heroicamente. Trancou-se com o filho, no gabinete. Perguntou:

— Sabe por que eu vim aqui?

E ele, impressionado:

— Por quê?

D. Margarida respirou fundo:

— Vim lhe perguntar o seguinte: você é cego ou perdeu a vergonha?

Não esperava por esse ataque frontal. Ergueu-se, desconcertado: "Mas como?" Apesar dos seus achaques, que faziam de cada movimento uma dor, d. Margarida pôs-se de pé também. Prosseguiu, implacável:

— Sua mulher anda fazendo os piores papéis. Ou você ignora? — E, já, com os olhos turvos, uma vontade doida de chorar, interpelava-o: — Você é ou não é homem?

Foi sóbrio:

— Sou pai.

O pai

Há 15 anos atrás, os dois se casaram, no civil e religioso, e, como todo o mundo, numa paixão recíproca e tremenda. A lua de mel durou o quê? Uns 15, 16 dias. Mas no 17º dia, encontrou-se Aderbal com uns amigos e, no bar, tomando uísque, ele disse, por outras palavras, o seguinte: "O homem é polígamo por natureza. Uma mulher só não basta!" Quando chegou em casa, tarde, semibêbado, Clara o interpelou: "Que papelão, sim, senhor!" Ele podia ter posto panos quentes, mas o álcool o enfurecia. Respondeu mal; e ela, numa desilusão ingênua e patética, o acusava: "Imagine! Fazer isso em plena lua de mel!" A réplica foi grosseira:

— Que lua de mel? A nossa já acabou!

Durante três dias e três noites, Clara não fez outra coisa senão chorar. Argumentava: "Se ele fizesse isso mais tarde, vá lá. Mas agora..." A verdade é que jamais foi a mesma. Um mês depois, acusava os primeiros sintomas de gravidez, que o exame médico confirmou. E, então, aconteceu o seguinte: enquanto ela, no seu ressentimento, esfriava, Aderbal se prostrava a seus pés em adoração. Sentimental da cabeça aos pés, não podia ver uma senhora grávida que não se condoesse, que não tivesse uma vontade absurda de protegê-la. Lírico e literário, costumava dizer: "A mulher grávida merece tudo!" No caso de Clara, ainda mais, porque era o seu amor. No fim do período, nasceu uma menina. E foi até interessante: enquanto Clara gemia nos trabalhos de parto, Aderbal, no corredor, experimentava a maior dor de dente de sua vida. Mas ao nascer a criança, a nevralgia desapareceu, como por milagre. E, desde o primeiro momento, ele foi, na vida, acima de tudo, o pai. Esquecia-se da mulher ou negligenciava seus deveres de esposo. Mas, jamais, em momento algum, deixou de adorar a pequena Mirna. Incidia em todas as inevitáveis infantilidades de pai. Perguntava: "Não é a minha cara?" Os parentes, os amigos, comentavam:

— Aderbal está bobo com a filha!

A esposa

Quando Mirna fez oito anos, ele recebeu uma carta anônima em termos jocosos: "Abre o olho, rapaz!" Pela primeira vez, caiu em si. Começou a observar a mulher. Mãe displicente, vivia em tudo que era festa, exibindo seus vestidos, seus decotes, seus belos ombros nus. Um dia, chamou a mulher: "Você precisa selecionar mais suas amizades..." Clara, limando as unhas, respondeu: "Vê se não dá palpite, sim? Sou dona do meu nariz!" Desconcertado, quis insistir. E ela, porém, gritou: "Você nunca me ligou! Nunca me deu a menor pelota!" Aderbal teve que dar a mão à palmatória!

— Bem. Eu não me meto mais. Mas quero lhe dizer uma coisa: nunca se esqueça que você tem de prestar contas à sua filha.

Foi malcriada:

— Ora, não amola!

Foi esta a última vez. Nunca mais discutiram.

Aderbal passou a ser apenas uma testemunha silenciosa e voluntariamente cega da vida frívola da mulher. Tinha uma ideia fixa, que era a filha. Uma vez na vida, outra na morte, dizia à esposa: "Nunca se esqueça que você é mãe." E era só. Agora que Mirna completara 15 anos, d. Margarida invadia-lhe a casa. Discutiram os dois. A velha partia do seguinte princípio: Clara era infiel e, portanto, o casal devia separar-se e, depois, desquitar-se. Desesperado, Aderbal teve uma espécie de uivo: "E minha filha?" D. Margarida explodiu: "Ora, pílulas!" Ele foi categórico:

— Olhe, minha mãe, eu não existo. Compreendeu? Quem existe é a minha filha. Não darei esse desgosto à minha filha, nunca!

A velha usou todos os seus argumentos, mas em vão. Aderbal dava uma resposta única e obtusa: "Pode ter amante, pode ter o diabo, mas é mãe de minha filha. E se minha filha gosta dessa mulher, ela é sagrada para mim, pronto, acabou-se!" Por fim, já sem paciência, d. Margarida saiu, apoiada na sua bengala de doente. E, da porta, gritou:

— Você precisa ter mais vergonha nessa cara!

Pecadora

Uns quarenta minutos depois, Aderbal foi falar com Mirna: "Vem cá, minha filha, você gosta muito de sua mãezinha?" Ela pareceu maravilhada com a pergunta: "Você duvida, papai?" Pigarreou, disfarçando: "Brincadeira minha." Sentada no colo paterno, a pequena, que era parecida com Clara, suspirou: "Gosto muito de mamãe e gosto muito de você." Atormentado, ele deixou passar uns dois dias. No terceiro dia, discutiu com a mulher. E definiu a situação:

— Eu sei que você não gosta de mim. Mas respeite, ao menos, sua filha.

A discussão podia ter tido um tom digno. Mas Clara estava tão saturada daquele homem que não resistiu. A voz do marido, o gesto, a roupa, as mãos, a pele — tudo a desgostava. Com 16 anos de casada, percebia que, num casal, pior do que o ódio é a falta de amor. Perdeu a cabeça, disse o que devia e o que não devia. Aderbal quis conservar a serenidade: "Minha filha não pode saber de nada." Então, Clara teve um acinte desnecessário, uma crueldade inútil; interpelava-o: "Você fala de sua filha. E você? Afinal, o marido é você!" Muito pálido, Aderbal emudeceu. Ela continuou, agravando a humilhação do marido: "Ou você vai dizer que não sabe?" Na sua cólera, contida, quis sair do quarto. Mas já Clara se colocou na sua frente, resoluta, barrando-lhe o caminho. Voltara, há pouco, de uma festa. Estava de vestido de baile, num decote muito ousado, os ombros morenos e nus, perfumadíssima. E, então, com as duas mãos nos quadris, fez a desfeita:

— Não vá saindo, não. — E perguntava: — Você não me provocou? Agora, aguente!

E ele, em voz baixa:

— Fale baixo. Sua filha pode ouvir!

Sem querer, Clara obedeceu. Falou baixo, mas, pela primeira vez, disse tudo. Assombrado, diante dessa maldade que rompia, sem pretexto, gratuita e terrível, ele se limitava: "Por que você diz isso? Por quê?" Queria interrompê-la: "Cale-se! Cale-se! Eu não lhe perguntei nada! Eu não quero saber!" Mas a própria Clara não se continha mais:

— Você conhece Fulano? Seu amigo, deve favores a você, o diabo. Pois ele foi o primeiro!

— Fulano? Mentira!...

E ela:

— Quero que Deus me cegue, se minto! Sabe quem foi o segundo? Sicrano! Queres outro? Beltrano. Ao todo, 17! Compreendeu? Dezessete!

Então desfigurado, ele disse:

— Só não te mato agora mesmo porque minha filha gosta de ti!

Disse isso e saiu do quarto.

A filha

Dez minutos depois, de bruços no divã, ele chorava, no seu ódio impotente. E, súbito, sente que uma mão pousa na sua cabeça. Vira-se, rápido. Era a filha que, nas chinelinhas de arminho, no quimono rosa e bordado, descera, de mansinho. Ajoelhou-se, a seu lado. Desconcertado, passou as costas das mãos, limpando as lágrimas. Então, meiga como nunca, solidária como nunca, Mirna disse: "Eu ouvi tudo. Sei de tudo." Lenta e grave, continuou:

— Eu não gosto de minha mãe. Deixei de gostar de minha mãe.

Ele pareceu meditar, como se procurasse o sentido misterioso dessas palavras. Levantou-se, então. Foi a um móvel e apanhou o revólver na gaveta. Subiu, sem pressa. Diante do espelho, Clara espremia espinhas. Ao ver o marido, pôs-se a rir. Boa, normal, afável com os demais, só era cruel com aquele homem que deixara de amar. Seu riso, esganiçado e terrível, foi outra maldade desnecessária. Então, Aderbal aproximou-se. Atirou duas vezes no meio do decote.

A grande pequena

Sentada diante do espelho, ela refazia a pintura dos lábios. Viu quando Geraldo se aproximou e, rápido, inclinou-se sobre seus ombros nus e a beijou no pescoço. Glorinha fechou os olhos, arrepiada:

— Não faz assim!
— Por quê?

E ela:

— Porque eu sinto cócegas!

Riram os dois. Geraldo foi na mesinha de cabeceira apanhar um cigarro. Deu duas ou três tragadas e, em pé, encostado no guarda-vestidos, pergunta:

— Sabe o que é que eu achei de fabuloso no nosso caso?

Glorinha vira-se:

— O quê?

Ele explica:

— Nem tu me conhecias, nem eu a ti. Eu te vi, pela primeira vez, em pé, diante de uma vitrine. Uma hora depois, estávamos aqui. Sabe que parece um sonho?

Pondo a blusa, ela sorri, misteriosa e doce:

— É a vida, é a vida!

Loucura

E, de fato, não se conheciam, nunca se tinham visto antes. De volta do banco, com cem contos e quebrados na pasta, ele vinha atravessando a rua Gonçalves Dias. Súbito, vê diante de uma vitrine aquela mulher gordinha. Ao primeiro olhar, fez seus cálculos: vinte, 22 anos. Ele, porém, com a sua psicologia de magro, de esquálido, gostava das belezas bem nutridas. Costumava dizer: "De espeto, basta eu!" Acontece que a desconhecida tinha uns quadris soberbos, à Mae West. Ele devia ter passado adiante, mas um demônio qualquer sugeriu: "Dá em cima!" Geraldo obedeceu à voz maligna. Pigarreia e, como ele próprio reconheceria, entrou violentamente de sola. A vitrine era de joias e Geraldo soprou ao ouvido da pequena:

— Escolha uma joia. Qualquer uma. O preço não interessa.

Foi talvez a surpresa que a deixou indefesa. Vira-se para o desconhecido: "Como?"

E ele, baixo e veemente:

— Pode escolher! Você merece muito mais! — E ele próprio apontava: — Não prefere aquela pulseira? Eu lhe dou de presente, agora mesmo. O prazer é todo meu!

Fascinada

Ela não quis o presente, mas aceitou o convite, muito menos oneroso, para um lanche. Coincidiu que, próximo, havia uma leiteria. Entraram, sentaram-se e foram servidos. A pequena, espantada das próprias reações, admitia: "Nunca me aconteceu isso! Nunca! E Deus me livre que alguém tivesse o desplante de fazer o que o senhor fez!" Pausa e suspira: "E eu própria não compreendo por que estou aqui e..." Geraldo interrompeu:

— Está vendo esta pasta?

— Sim.

Prosseguiu:

— Tem, aqui, cento e tantos contos. Você quer gastar comigo esse dinheiro? Até o último centavo?

Ela responde com outra pergunta:

— Está louco? Está pensando que eu sou o quê?

— Sim ou não? Uma vez não são todas. Quer?

— Nunca! Nunca!

Geraldo, porém, sentia que, apesar de tudo, seu cinismo a fascinava. Discutem, ali, em voz baixa. O rapaz descreve um lugar discretíssimo que...

A garota respira forte. Titubeia e acaba tomando coragem:

— Vou. Porém, com uma condição.

E ele:

— Qual?

— Você não saberá o meu nome, nem eu o seu. Está bem assim?
— Aceito!

Possesso

No táxi, a caminho do tal lugar, ela se esvaía em exclamações e remorsos preventivos. "Estou doida! Completamente doida!" Vira-se para ele e o interpela: "O que é que há comigo?" Geraldo tratava de ser tão cínico quanto possível:

— Não é tanto assim, que diabo!

Duas horas depois, ela estava abotoando a blusa. Pensava que talvez desejasse revê-lo. Então, como se lesse o seu pensamento, ele suspirava: "Sabe que você não me verá mais, nunca mais?" Admira-se:

— Por quê?

E ele:

— Porque eu vou meter muito breve uma bala na cabeça.

A pequena vira-se:

— Que piada é essa?

O rapaz não responde logo. Põe o cigarro no cinzeiro e senta-se numa extremidade da cama:

— Antes fosse piada. Mas a verdade é a seguinte: estou com a corda no pescoço. Esse dinheiro que está aqui, já desfalcado, é do patrão, e é o pagamento do pessoal lá da firma. E eu — compreende? —, eu estou disposto a gastar até o último centavo. Depois, então, me mato e pronto!

Atônita, ela senta-se a seu lado:

— Conta esse negócio direito, conta!

O fracassado

Então, sentindo na pequena uma grande ouvinte que saboreava cada palavra, ele fez uma autobiografia. Contou que sua vida, da infância até os 32 anos (sua idade atual), era duma torva melancolia, duma sinistra mediocridade. Em criança, era barrado nas peladas de rua e incumbido de apanhar a bola atrás do gol. Não sabia jogar bola de gude; e apanhava em casa como boi ladrão. Na adolescência, as namoradas bonitas o traíam, e as feias, idem. Há 12 anos, trabalhava numa grande firma da qual era um dos cobradores. Ganhava uma miséria e, além disso, era tratado a pontapés pelo chefe, um tal de Mesquita. Ofendido, humilhado, ele se tomara de tédio pela vida e pelo mundo das criaturas. Na véspera, Mesquita o chamara de "animal" na frente de todo mundo. Então, ele, Geraldo, a título de desagravo, de obtusa vingança, resolvera dar o que ele chamava "grande golpe": incumbido de apanhar o dinheiro no banco, para o pagamento do pessoal, decidira apossar-se da quantia e gastá-la sumariamente. Espantada, a pequena indaga:

— Não tens medo de cadeia?

Geraldo esfrega as mãos numa alegria feroz:

— Tu esqueces que eu vou meter uma bala na cabeça? E pra defunto não há prisão, não há cadeia, percebeste?

Ela balbuciou:

— Ora, veja!

E o rapaz:

— Só te digo uma coisa: morro satisfeito. Porque é a primeira vez que eu assumo uma atitude batata. Sempre me fizeram de palhaço. Agora chegou a minha vez.

Desfecho

Então, a pequena toma entre as suas mãos as do rapaz. Pergunta:

— Quem foi que disse que você ia morrer?

— E não vou?

— Não.

Ele não entende. Protesta: "Vou, sim, senhora. Ou tu pensas que eu topo a prisão, processo e outros bichos?" A garota sorri: "E quem disse que você vai ser preso?" Amargo, e andando de um lado para o outro, Geraldo traça o perfil psicológico do patrão, o já referido seu Mesquita. Pinta-o como um chacal, uma hiena. A essa altura dos acontecimentos, já estaria subindo pelas paredes. Ao concluir, Geraldo bufou:

— Tu falas assim porque não conheces aquela besta.

— Conheço.

Ele esbugalha os olhos: "Como?" E ela:

— É meu marido. E eu também te conhecia, embora de vista, seu bobo!

— Papagaio!

Estava assim explicado o mistério da facilidade deslumbrante. Já o vira, à distância, três ou quatro vezes. Assediada no meio da rua, deixara-se envolver, arrebatar, numa espécie de delírio. Pasmo, Geraldo estrebucha: "Seu Mesquita vai querer ver minha caveira!" Ela parece otimista:

— Quem manda no meu marido sou eu, vou tratar do teu caso.

E, de fato, durante uns três ou quatro dias, ele não pôs o nariz de fora. Por fim, a pequena, que o revia todas as tardes, anunciou: "Pode ir amanhã."

Foi. Encontrou no escritório a versão de um assalto fantástico. Dizia-se, por outro lado, que seu Mesquita resolvera abafar o caso. O chefe veio falar com ele: "Quanto é que ganhas aqui? Vou te aumentar!"

Não devolveu um tostão do dinheiro, a conselho da garota. Depois do expediente encontraram-se, no mesmo local. Ela suspira: "Não te disse que os maridos não mandam em nada?"

Depois, entre um beijo e outro, ela baixa a voz:

— Meu nome é Glorinha.

Casal de três

O sogro era um santo e patusco cidadão. Assim que o viu arremessou-se, de braços abertos:

— Como vai essa figura? Bem?

Filadelfo abraçou e deixou-se abraçar. E rosnou, lúgubre:

— Essa figura vai mal.

Espanto do sogro:

— Por quê, carambolas? — E insistia: — Vai mal por quê?

Caminhando pela calçada, lado a lado com o velho bom e barrigudo, Filadelfo foi enumerando as suas provações, só comparáveis às de Jó:

— É o gênio de sua filha. Sou desacatado a três por dois. Qualquer dia apanho na cara!

Dr. Magarão assentiu, grave e consternado:

— Compreendo, compreendo — suspira, admitindo: — Puxou à mãe. Gênio igualzinho. A mãe também é assim!

Súbito, Filadelfo estaca. Põe a mão no ombro do outro; interpela-o:

— Quero que o senhor me responda o seguinte: isso está certo? É direito?

O velho engasga:

— Bem. Direito, propriamente, não sei. — Medita e pergunta: — Você quer uma opinião sincera? Batata? Quer?

— Quero.

E o sogro:

— Então, vamos tomar qualquer coisa ali, adiante. Vou te dizer umas coisas que todo homem casado devia saber.

Teoria

Entram num pequeno bar, ocupam uma mesa discreta. Enquanto o garçom vai e vem, com uma cerveja e dois copos, dr. Magarão começa:

— Você sabe que eu sou casado, claro. Muito bem. E, além da minha experiência, vejo a dos outros. Descobri que toda mulher honesta é assim mesmo.

Espanto de Filadelfo:

— Assim como?

O gordo continua:

— Como minha filha. Sem tirar, nem pôr. Você, meu caro, desconfie da esposa amável, da esposa cordial, gentil. A virtude é triste, azeda e neurastênica.

Filadelfo recua na cadeira:

— Tem dó! Essa, não! — E repetia, de olhos esbugalhados, lambendo a espuma da cerveja: — Essa, não!

Mas o sogro insistiu. Pergunta:

— Sabe qual foi a esposa mais amável que eu já vi na minha vida? Sabe? Foi uma que traía o marido com a metade do Rio de Janeiro, inclusive comigo! — Espalmou a mão no próprio peito, numa feroz satisfação retrospectiva: — Também comigo! E tratava o marido assim, na palma da mão!

Uma hora depois, saíam os dois do pequeno bar. Dr. Magarão, com sua barriga de ópera-bufa e bêbado, trovejava:

— Você deve-se dar por muito satisfeito! Deve lamber os dedos! Dar graças a Deus!

O genro, com as pernas bambas, o olho injetado, resmunga:

— Vou tratar disso!

O desgraçado

Não mentira ao sogro. Sua vida conjugal era, de fato, de uma melancolia tremenda. Descontado o período da lua de mel, que ele estimava em oito dias, nunca mais fora bem tratado. Sofria as mais graves desconsiderações, inclusive na frente de visitas. E, certa vez, durante um jantar com outras pessoas, ela o fulmina, com a seguinte observação, em voz altíssima:

— Vê se para de mastigar a dentadura, sim?

Houve um constrangimento universal. O pobre do marido, assim desfeiteado, só faltou atirar-se pela janela mais próxima. Após três anos de experiência matrimonial, ele já não esperava mais nada da mulher, senão outros desacatos. E só não compreendia que Jupira, amabilíssima com todo mundo, fizesse uma exceção para ele, que era, justamente, o marido. Depois de ter deixado o sogro, voltou para casa, desesperado. Chega, abre a porta, sobe a escada e, quando entra no quarto, recebe a intimação:

— Não acende a luz!

Obedeceu. Tirou a roupa no escuro e, depois, andou caçando o pijama, como um cego. E quando, afinal, pôde deitar-se, fez uma reflexão melancólica: há dez meses ou mesmo um ano que o beijo na boca fora suprimido entre os dois. O máximo que ele, intimidado, se permitia, era roçar com os lábios a face da esposa. Se queria ser carinhoso demais, ela o desiludia: "Na boca, não! Não quero!" Outra coisa que o amargurava era o seguinte: a negligência da mulher no lar. Não se enfeitava, não se perfumava. Deitado, ao seu lado, ele pensava agora, lembrando-se da teoria do sogro:

— Será que a esposa honesta também precisa cheirar mal?

Mudança

Um mês depois, ele chega em casa, do trabalho, e acontece uma coisa sem precedentes: a mulher, pintada, perfumada, se atira nos seus braços. Foi uma surpresa tão violenta que Filadelfo perde o equilíbrio e quase cai. Em seguida, ela aperta entre as mãos o seu rosto e o beija na boca, num arrebatamento de namorada, de noiva ou de esposa em lua de mel. Ele apanha o jornal, que deixara cair. Maravilhado, pergunta:

— Mas que é isso? Que foi que houve?

Jupira responde com outra pergunta:

— Não gostou?

Ele senta, confuso:

— Gostar, gostei, mas... — Ri: — Você não é assim, você não me beija, nunca.

Jupira tem um gesto de uma petulância que o delicia: vem sentar-se no seu colo, encosta o rosto no dele. Filadelfo é acariciado. Acaba perguntando:

— Explica este mistério. Aconteceu alguma coisa. Aconteceu?

Ela suspira:

— Mudei, ora!

Sofrimento

A princípio, Filadelfo conjecturou: "É hoje só." No dia seguinte, porém, houve a mesma coisa. Ele coçava a cabeça: "Aqui há dente de coelho!" Coincidiu que, por essa ocasião, os seus sogros aparecessem, para jantar. Dr. Magarão, enquanto a mulher conversava com a filha, levou o genro para a janela: "Como é? Como vai o negócio aqui?"

Filadelfo exclama:

— Estou besta! Estou com a minha cara no chão!

O velho empina a barriga de ópera-bufa:

— Por quê?

E o genro:

— Tivemos aquela conversa. Pois bem. Jupira mudou. Está uma seda; e me trata que só o senhor vendo!

Ao lado, mascando o charuto apagado, o velho balança a cabeça:

— Ótimo!

— O negócio está bom, tão gostoso, que eu já começo a desconfiar!

O sogro põe-lhe as duas mãos nos ombros:

— Queres um conselho? De mãe pra filho? Não desconfia de nada, rapaz. Te custa ser cego? Olha! O marido não deve ser o último a saber, compreendeu? O marido não deve saber nunca!

Lua de mel

Seguindo a sugestão do sogro, ele não quis investigar as causas da mudança da esposa. Tratou de extrair o máximo possível da situação, tanto mais que passara a viver num regime de lua de mel. Dias depois, porém, recebe uma minuciosíssima carta anônima, com dados, nomes, endereços, duma imensa verossimilhança. O missivista desconhecido começava assim: "Tua mulher e o Cunha..." O Cunha era, talvez, o seu maior amigo e jantava três vezes na semana, ou no mínimo duas, com o casal. A carta anônima dava, até, o número do edifício e o andar do apartamento, em Copacabana, onde os amantes se encontravam. Filadelfo lê aquilo, relê, e rasga, em mil pedacinhos, o papel indecoroso. Pensa no Cunha, que é solteiro, simpático, quase bonito e tem bons dentes. Uma conclusão se impõe: sua felicidade conjugal, na última fase, é feita à base do Cunha. Filadelfo continuou sua vida, sem se dar por achado, tanto mais que Jupira revivia, agora, os momentos áureos da lua de mel. Certa vez, jantavam os três, quando cai o guardanapo de Filadelfo. Este abaixa-se para apanhar e vê, insofismavelmente, debaixo da mesa, os pés da mulher e do Cunha, numa fusão nupcial, uns por cima dos outros. Passa-se o tempo e Filadelfo recebe a notícia: o Cunha ficara noivo! Vai para casa, preocupadíssimo. E lá, encontra a mulher, de bruços, na cama, aos soluços. Num desespero obtuso, ela diz e repete:

— Eu quero morrer! Eu quero morrer!

Filadelfo olhou só: não fez nenhum comentário. Vai numa gaveta, apanha o revólver e sai à procura do outro. Quando o encontra, cria o dilema:

— Ou você desmancha esse noivado ou dou-lhe um tiro na boca, seu cachorro!

No dia seguinte, o apavorado Cunha escreve uma carta ao futuro sogro, dando o dito por não dito. À noite, comparecia, escabreado, para jantar com o casal. E, então, à mesa, Filadelfo vira-se para o amigo e decide:

— Você, agora, vem jantar aqui todas as noites!

Quando o Cunha saiu, passada a meia-noite, Jupira atira-se nos braços do marido:

— Você é um amor!

O anjo

Na noite do pedido oficial, Dagmar, de braço com o noivo, foi até a janela, que se abria para o jardim. Então, com uma tristeza involuntária, uma espécie de presságio, suspirou. E foi meio vaga:

— Caso sério! Caso sério!

E Geraldo, baixo e doce:

— Por quê?

Dagmar vacila. Finalmente, tomando coragem, indica com o olhar:

— Estás vendo minha irmã?

— Estou.

Durante alguns momentos, olharam, em silêncio, a pequena Alicinha, de 13 anos, que, na ocasião, apanhava uma flor, no jarro, para dar não sei a quem. Dagmar pergunta: "Bonita, não é?" Geraldo concorda: "Linda!" Então, pousando a mão no braço do noivo, a pequena continua:

— Por enquanto, Alicinha é criança. Mas daqui a um ano, dois, vai ser uma mulher e tanto.

— Um espetáculo!

Sorriu, triste:

— Um espetáculo, sim! — Pausa e, súbito, tem uma sinceridade heroica: — Há de ser mais bonita do que eu.

Geraldo interrompeu:

— Protesto!

Foi quase grosseira:

— Não me põe máscara, não! Eu tenho espelho, ouviu?! Agora, que sou tua noiva, quero te dizer o seguinte.

— Fala.

E ela:

— Você é homem e eu sei que esse negócio de homem fiel é bobagem. Mas toma nota: se você tiver que me trair, que não seja nem com vizinha, nem com amiga, nem com parente. Você percebeu?

Surpreso e divertido, exclama:

— Você é de morte, hein?

As irmãs

Havia entre as duas uma diferença de quatro anos; Dagmar tinha 17, Alicinha, 13. Até então, Geraldo via a cunhada como uma menina irremediável. No fundo, talvez imaginasse que ela seria para sempre assim, criança, criança. A observação da noiva o apanhou desprevenido. Pouco depois, olhava para Alicinha com uma nova e dissimulada curiosidade. Sentiu que a mulher, ainda contida na menina, começava a desabrochar. Esta constatação o perturbou, deu-lhe uma espécie de vertigem. Na hora de sair, despediu-se de todos. A noiva veio levá-lo até o portão. Ao ser beijada na face, disse:

— E não se esqueça: Alicinha é sagrada para você!

Era demais. Doeu-se e protestou:

— Mas que palpite é esse? Que ideia você faz de mim? Sabe que, assim, você até ofende?

Cruzou os braços, irredutível:

— Ofendo por quê? Os homens não são uns falsos?

— Eu, não!

Replicou, veemente:

— Você é como os outros. A mesma coisa, compreendeu?

Família

Mas quando Dagmar confessou, aos pais, que advertira o noivo, foi um deus nos acuda. A mãe pôs as mãos na cabeça: "Você é maluca?" Quanto ao pai, passou-lhe um verdadeiro sabão:

— Foi um golpe errado. Erradíssimo!

— Eu não acho.

O velho tratou de ser demonstrativo: "Você pôs maldade onde não havia! Despertou a ideia do seu noivo!" Replicou, segura de si:

— Papai, eu sei muito bem onde tenho o meu nariz.

O pai andava de um lado para outro, nervoso. Estacou, interpelando-a:

— E agora com que cara o teu noivo vai olhar pra tua irmã? Vocês, mulheres, enchem! E, além disso, parta do seguinte princípio: uma irmã está acima de qualquer suspeita! Família é família, ora, bolas!

E Dagmar, obstinada:

— Meu pai, gosto muito de Alicinha. É uma pequena ótima, formidável e outros bichos. Mas intimidade de irmã bonita com cunhado, não! Nunca!

Ciúmes doentios

Num instante, criou-se o caso no seio da família. Não houve duas opiniões. Segundo todo o mundo, aquilo não era normal, não podia ser normal. Um dos grandes argumentos foi a idade de Alicinha: "Como pode? Como pode?" O pai, mascando o charuto, argumentava: "Que você desconfie de todo mundo, até de poste, vá lá! Acho que uma mulher deve defender com unhas e dentes o seu homem! Mas irmã é outra coisa! Irmã é diferente!" Na sua tristeza, ela replicava: "O que eu não sou é burra!" E o pai: "Nem sua irmã, nem seu noivo merecem isso!" Por fim, já se falava, abertamente, em caso. Um primo da pequena, que era pediatra, sugeriu:

— Por que é que não levas Fulana a um psiquiatra?

Ela acabou indo, vencida pelo cansaço da própria vontade. Lá, o psiquiatra, depois de um interrogatório medonho, chega à seguinte conclusão: "O negócio é extrair os dentes!" O pai da pequena caiu das nuvens, chorou, amargamente, o dinheiro da consulta:

— Mas que animal! Que palhaço! — E, jocoso, criava o problema: — Isso é psiquiatra ou é dentista?

Mas o fato é que, pouco a pouco, sem sentir e sem querer, Dagmar foi-se deixando dominar pela pressão da família. O próprio noivo colaborou nesse sentido. Era hábil:

— Você não precisa ter medo de mulher nenhuma. Pra mim, não existe no mundo mulher mais bonita do que você. Palavra de honra!

O maiô

Só quem não se dava por achada e parecia ignorar o disse que me disse era a própria Alicinha. Tratava a irmã e o cunhado com a mesma naturalidade. E era tão sem maldade, tão inocente, que, certa vez, comprou um maiô fabulosíssimo e apareceu, com ele, na sala, diante de Dagmar e do Geraldo. Foi uma situação pânica. Por um momento, o embasbacado cunhado não soube o que dizer, o que pensar. Empalidecera e... Girando como um modelo profissional, Alicinha perguntava:

— Que tal?

Por uma fração de segundo, Dagmar pensou em explodir. Mas convencera-se de que precisava reeducar-se; dominou o próprio impulso. Com um máximo de naturalidade, admitiu: "Bonito!" O atônito, o ofuscado, o desgovernado Geraldo gemeu: "Infernal!" Mas quando deixou a casa da noiva, nesse dia, ia numa impressão profunda. Mais tarde, no bilhar, com uns amigos, fez o seguinte jogo de palavras:

— Não há mulher mais bonita que uma cunhada bonita!

Sonsa

No dia seguinte, Alicinha passa por ele e pisca o olho: "Deixei de ser criança! Já não sou mais criança!" Isso poderia significar pouco ou muito. De qualquer forma, desconcertado, ele chegou a transpirar. Mais dois ou três dias, e Alicinha vai procurá-lo no escritório. Senta-se a seu lado; diz: "Você tem medo de mim?" O pobre-diabo gaguejou: "Por quê?" E ela, com um olhar intenso, não de criança, mas de mulher: "Tem, sim, tem!" Parece divertida. E, subitamente, séria, ergue-se e aproxima-se. Estavam no gabinete de Geraldo. Alicinha inclina-se, pede:

— Um beijo.

Lívido, obedeceu. Roçou, de leve, a face da pequena. Ela insistiu: "Isso não é beijo. Quero um beijo de verdade." Geraldo levanta-se. Recua, apavorado como se aquela garota representasse uma ameaça hedionda. Numa espécie de soluço, diz: "Eu amo minha noiva! Amo tua irmã!" E ela, diante dele: "Só um!" Petrificado, deixou-se beijar uma vez, muitas vezes. E não podia compreender a determinação implacável de uma menina de 13 anos. Antes de sair, ela diria: "Você é meu também!" E o ameaçou, segura de si e da própria maldade: "Vou te avisando: se começares com coisa, eu direi a todo mundo que houve o diabo entre nós!" Geraldo arriou na cadeira; uivou:

— Demônio! Demônio!

O beijo

Foi, desde então, um escravo da menina. E, coisa interessante: ao mesmo tempo que se sentia atraído, tinha-lhe ódio. Sentia nela uma precocidade hedionda. E, por outro lado, era um fraco, um indefeso, um derrotado. Até que, uma tarde, entra numa Delegacia; soluçando, anuncia: "Acabei de matar minha cunhada, Alice de tal, num lugar assim, assim." Ainda prestava declarações, quando Dagmar invade a Delegacia. Passara pelo lugar em que Alicinha fora assassinada; vira a irmã, de bruços, com o cabo do punhal emergindo das costas. Então, fora de si, correu para a Delegacia. E houve uma cena que ninguém pôde prever. Avançou, apanhou entre as mãos o rosto do noivo e o beijava, na boca, com loucura. Foi agarrada, arrastada. Debatia-se nos braços dos investigadores. Gritava:

— Oh, graças! Graças!...

Gastrite

Sentado na mala, no meio do quarto, chorava como uma criança:

— Nunca pensei, te juro! Nunca pensei que alguém pudesse sofrer tanto! — Pausa e tem um novo arranco: — A única dor que existe é a de cotovelo. As outras dores, físicas ou morais, são conversa-fiada, perfumaria!

Ao lado, o Eurialo contempla, num assombro mudo, este desespero selvagem. Num misto de pena, vergonha, e asco, ele põe a mão no ombro do Juca:

— Calma, rapaz, calma!

Ergueu-se, num repelão:

— Calma, uma pinoia! Calma porque é comigo e não contigo! O fato é o seguinte: sou um homem morto e enterrado, percebeste?

Então, o Eurialo arrisca:

— Olha: queres que eu fale com tua pequena? Que eu meta uma conversa na tua pequena?

Juca balbucia:

— Tu?

E o outro:

— Eu, sim. Tu sabes que ela é minha do peito, liga pra chuchu! Quem sabe? Não custa tentar!

Juca agarra-se ao amigo, numa brusca euforia:

— Boa ideia, boa ideia! Ela vai muito por ti, te considera muito! É um favor que tu me fazes! Um favor de mãe pra filho! Mas vai, já, agora, neste instante! Eu te espero, aqui. E olha! — Repetia: — Tu és uma mãe!

O outro suspira:

— Amém.

Briga de namorados

Juca era namorado, quase noivo de Jandira. Havia, de parte a parte, um desses amores de novela, de filme, de ópera. De vez em quando, entre um beijo e outro, a menina suspirava: "Eu só sei amar para sempre!" E ele, arrebatado: "Eu também, eu também!" Jandira, porém, avisara, de maneira sóbria, mas irredutível: "Meu anjo, eu perdoo tudo, tudo. Só não perdoo uma coisa: infidelidade!" Muito bem. Naquela tarde, Juca chegara atrasado no encontro, desculpando-se com a condução. Sentam-se num banco de jardim e, súbito, Jandira pergunta: "Que é isso vermelho que você tem no pescoço?" Ora, o Juca fora, depois do almoço, com uma pequena sem compromisso, a um cinema. E, lá, na última fila, andara aos beijos, aos abraços, com a fulana. Ao ouvir falar em mancha vermelha, tomou um susto. Atarantado, improvisa uma desculpa: "Deve ser brotoeja!" Mas Jandira insiste:

— Brotoeja onde? Nunca foi brotoeja! — Examina e conclui: — Batom! Isso é batom, no duro!

Erguem-se, quase que ao mesmo tempo. Lívido, Juca gagueja ignobilmente. Ela, porém, foi categórica:

— Se tu fosses ladrão, batedor de carteiras, assassino, eu perdoaria. Só não perdoo ao homem vira-latas, ao homem que anda atrás de tudo quanto é mulher! Adeus!

Vira-lhe as costas e vai andando. Fora de si, ele sai atrás. Então, Jandira estaca: arrasa-o:

— Ou você vai embora ou eu chamo o guarda!

O intermediário

Ele correu para a casa, alucinado. Pouco depois o Eurialo fora encontrá-lo, de bruços, na cama soluçando. Eurialo conhecia os dois. Prontificou-se a falar com Jandira, a servir de intermediário. E, com efeito, uma meia hora depois, estava diante da garota Jandira. Repete: "Acabou. Não quero mais ver o Juca nem pintado." Eurialo puxa o cigarro e, sem desfitar Jandira, começa:

— Eu vim aqui porque o Juca me pediu. Mas o fato é que, aqui entre nós, eu acho que você fez bem. O Juca é muito mulherengo, demais. Doente por mulher.

Ela, intransigente, continua:

— Eu sou assim: faço questão de exclusividade. Ou o homem é só meu ou não interessa.

Eurialo pigarreia: "Eu penso igualzinho a você." Silêncio e pergunta: "Quer dizer que não há hipótese de pazes entre vocês?" Jandira tem um meio sorriso:

— Você diz ao Juca o seguinte: eu só faria as pazes se ele caísse doente de morte; se não houvesse a menor, a mais vaga possibilidade de cura; se fosse uma doença incurável, no duro. Então, sim. Mas do contrário, não.

Fuga

Eurialo volta à casa do amigo; conta-lhe a conversa que tivera com a pequena. Juca, desesperado, abre os braços:

— Quer dizer que eu tenho de morrer para ser perdoado? Essa, não, essa, não!

O outro admitia, fúnebre:

— Pois é, pois é!

E Juca, num desvario maior:

— Desisto, pronto! E já sei o que devo fazer; tenho uma oferta de emprego no Amazonas. Pois bem: vou aceitar. É o golpe! Assim eu me acabo por lá e não se fala mais nisso!...

— Lá, você esquece, arranja outra!

Juca mergulha o rosto nas duas mãos e soluça:

— Arranja outra, uma pitomba! Eu quero que as outras mulheres se danem! Ou essa ou nenhuma!

Tudo indicava que fosse o final definitivo daquele amor. Uns 15 dias, depois, o Eurialo, solidário como nunca, ia levar o Juca ao avião. Já na fila dos passageiros, abraça-se ao Eurialo:

— Pelo menos, esse consolo eu tenho: a tua amizade! Foste meu amigo até o último momento, amigo até debaixo d'água!

O outro teve que disfarçar a própria emoção.

Nostalgia

No Amazonas, Juca viveu no dilaceramento de uma nostalgia inconsolável. Fez relações, amizades. Mas sua vida obedecia à seguinte rotina: da casa para o emprego, do emprego para casa. Os novos amigos queriam arrastá-lo para a farra. Respondia: "A única mulher que me interessa brigou comigo. As outras não existem!" Um ano depois, recebe a notícia: Jandira casara-se. Quando soube o nome do marido, quase caiu para trás, duro: Eurialo. Fosse qualquer outro, e o impacto teria sido menor. Mas o amigo, o intermediário!... Passou três dias em casa, sem ir ao emprego, numa meditação ardente e vazia. Ao fim desse tempo, ergue-se e vai-se olhar no espelho: era uma ruína de homem. Dir-se-ia um tuberculoso em último grau ou coisa pior. Mais 24 horas e Juca larga tudo no Amazonas e vem para o Rio, de avião. Chegando aqui, trata de saber onde Jandira passava a lua de mel. Liga para ela.

— Sou eu. Tu disseste, não disseste? Que me perdoarias, se eu tivesse uma doença incurável? Pois tenho essa doença e vou morrer. Quero o teu perdão e te quero.

Do outro lado da linha, vem a pergunta: "Que doença?" E ele:

— Câncer. E olha! Antes de morrer, eu preciso que tu... — E soluça: — Tu me deves essa última alegria!

Ela chorava também: "Sim, sim!" Ele arranjara um apartamento emprestado, com um amigo. Passa o endereço para a menina. No dia seguinte, à tarde, encontram-se, lá. Há um primeiro beijo, por entre lágrimas. Ela balbucia: "Eu te amo, te amo e te amo!" A própria Jandira, fora de si, arrancou o vestido; tirava a anágua.

Estava só de calcinha. Quando ele a beijou no pescoço, sentiu-se morrer. Duas horas depois, ele baixa a voz:

— Eu menti. Não tenho câncer. A única coisa que eu tenho é uma gastrite.

Ela parece acordar no fundo do sonho. Suspira:

— Bendita gastrite!

Para sempre desconhecida

Interpelou os companheiros:

— Sou ou não sou bonito?

Um deles, tomando um refrigerante, na própria garrafa, com um canudinho, aventurou:

— Não acho homem bonito. Pra mim, qualquer homem é um bucho.

Acharam graça, riram. Mas Andrezinho, no seu paletó cintado, camisa de um cinza quase roxo, insistia:

— Sou, sim. Sou pintoso. Qualquer mulher gosta de mim.

— Qualquer uma?

Enfiou as duas mãos nos bolsos:

— Qualquer uma.

Então, o Peixoto, que tomava uma média num canto do boteco, ergueu-se de sua mesa. Aproximava-se segurando um pedaço de pão e ainda mastigando. A manteiga escorria-lhe do lábio como uma baba. Sentou-se perto do Andrezinho. De boca cheia, dizia:

— Vou te provar que és um mascarado. Queres ver?

Recostou-se na cadeira:

— Duvi-d-o-dó.

E o outro:

— Ah, duvidas? Pois então escuta, e vocês também: eu conheço uma pequena com quem tu não arranjarias tostão. Aposto os tubos!

Andrezinho piscou o olho para os demais. Inclinou-se, gaiato:

— E se eu conquistar?

Se você conquistar, pode me cuspir na cara. Andrezinho levantou-se. Anunciou:

— Está no papo!

O bonitão

Perguntava, por toda a parte: "Sou ou não sou bonito?" A princípio, fazia isso por brincadeira. Mas, pouco a pouco, pela repetição, aquilo tornou-se um hábito, um vício. E acontecia, não raro, uma coisa interessante: apresentado a uma pessoa, em vez de dizer "muito prazer", perguntava:

— Sou ou não sou bonito?

Já o dominava um desses automatismos irresistíveis. Como fosse realmente bonito e, de resto, simpático, todos achavam graça. Sua sorte no amor era fantástica. Em casa, o telefone não parava. Eram pequenas, de todos os tipos e classes, que o perseguiam. Dizia-se que até senhoras casadas, muito mais velhas que ele, o adoravam. E o jeito, meio terno, meio infantil, meio voluptuoso, com que ele exaltava a própria aparência física, era um atrativo a mais. De resto, com o orgulho de Narciso confesso, Andrezinho implicava, na mesma vaidade, até peças de roupa. Mostrava meias de um amarelo extravagante, as gravatas ultracoloridas, os sapatos. E interpelava os conhecidos:

— Que tal? Viste a classe?

— Mais ou menos.

E ele, numa risada:

— Elas não me deixam!

Misteriosa

Até que, numa conversa de café, o Peixoto, que não gostava do Andrezinho, diz que conhecia uma fulana. Andrezinho saltou. Já com seu instinto de sedutor nato em polvorosa, pôs a mão no ombro do outro:

— Pra mim, não existe a mulher inconquistável.

Peixoto, que tinha uma perna mais curta que a outra e era um sujeito taciturno e caladão, teimou: "Pra teu governo, essa cara é. Nem você, nem duzentos como você, arranja nada." Andrezinho esfregou as mãos, na euforia da conquista que supunha próxima e inevitável.

— Dá nome, endereço, telefone e deixa o resto por minha conta.

Peixoto teve um meio riso sardônico:

— Pra quê? Dar nome pra quê? Nem adianta.

— Tens medo?

Ergueu-se o outro:

— Não interessa, não interessa. E te digo mais: não quero que um amigo meu banque o palhaço. Até logo.

Já ia saindo, com sua perna mais curta do que a outra. Então, o Andrezinho arremessou-se no seu encalço: "Mas como é essa Fulana? Bonita?" Peixoto parou na porta do boteco e rilhava os dentes:

— Se é bonita? Um espetáculo! Duzentas vezes melhor que a Heddy Lamarr! Mete a Lana Turner no chinelo!...

Romance

Nessa noite, Andrezinho custou a dormir. Estava acostumado a mulher bonita, a conquista fácil, mas o fato é que Peixoto soubera criar uma sugestão diabólica. Quem seria? Como seria? Imaginava um nome, um rosto, ou por outra: imaginava vários nomes e um rosto múltiplo para a estranha. De manhã, escovando os dentes, ainda pensava nela com apaixonada obstinação. No ônibus, veio com um amigo. Primeiro perguntou: "Sou bonito?" Em seguida, admitiu:

— Estou interessadíssimo por uma cara que nunca vi mais gorda. Não é gozado?

Do escritório, ligou para o Peixoto: "Deixa de ser sujo e diz logo, quem é a Fulana?"

O outro divertiu-se cruelmente: "Mas você já não está tão cheio de mulher? Entupido de mulheres?" E Andrezinho:

— Solteira, casada ou viúva?

Peixoto foi irredutível:

— Sossega, Andrezinho, que eu não vou te dizer nada. Ou tu me achas com cara de arranjar mulher pra ti?

Espantou-se:

— Mas olha aqui, seu animal! Não foste tu que tiveste a ideia? Foi ou não foi?

Concordou que sim, aduzindo: "Foi, sim. Porém mudei de opinião, ora, bolas! O que é que eu ganho com isso? Ganho alguma coisa? Nada!" Andrezinho desligou o telefone, assombrado. E fez o comentário para si mesmo:

— Que mágica besta!

Imaginação

De noite, encontraram-se no café. Andrezinho, com a imaginação em chamas, arrastou-o para um canto. Naquela noite, fez o monopólio do amigo, absorveu-o. Mandou vir cerveja, com a ideia de puxar por ele. E, de fato, à medida que ia bebendo, Peixoto abriu-se. Lambendo a espuma dos beiços, admitiu que a outra o conhecia. Andrezinho tomou um susto: "Ah, me conhece? E qual é a impressão dela a meu respeito?" Semibêbado, Peixoto piscou o olho:

— Te considera um cretino de pai e mãe. Um idiota chapado!

Doeu-se:

— Mentira tua!

E Peixoto:

— Palavra de honra!

Continuaram a conversa, com um imenso consumo de cerveja. Querendo pôr água na boca do outro, Peixoto exagerava: "É boa até depois de amanhã. Dessas que derretem edifícios!" E, por fim, iluminado pela cerveja, praguejava, como um possesso:

— Olha aqui, seu zebu! Eu sou aleijado, sei que sou! Mas a minha vingança, sabe qual é? — Parou, para tomar fôlego: — É que tu não vais conhecer essa pequena, não, percebeste?

Na sua cólera de bêbado, investiu, querendo agredi-lo:

— Pelo menos essa tu não vais conquistar, porque eu não deixo!

Obsessão

Três ou quatro dias depois, o próprio Andrezinho reconhecia, em pânico, para os amigos mais íntimos: "Estou apaixonado e não sei por quem. Vê se pode?" Mandou emissários ao Peixoto, com apelos desesperados. Mas o outro foi irredutível; fazia um gesto de quem usa fecho ecler: "Sou um boca de siri."

E acrescentava: "Andrezinho pode ser bonito lá pro raio que o parta. Pra mim, não." O fato é que, depois do seu desabafo no boteco, Peixoto mudara com Andrezinho. Cruzava os braços, fechava a fisionomia, quando o amigo ou ex-amigo vinha pedir:

— Diz quem é. Dá o nome. Só quero saber o nome. Nada mais.

Peixoto calcava a brasa do cigarro no fundo do cinzeiro. Parecia hesitar. Inclinava-se:

— O nome não digo. Basta que você saiba o seguinte: é a melhor mulher do Rio de Janeiro. A melhor, percebeu?

Andrezinho partia desesperado. Os amigos, impressionados com sua obsessão, tentavam chamá-lo à ordem: "Quem sabe se não é gozo do Peixoto em cima de ti? Vai ver que é!" Incapaz de atender a qualquer raciocínio, ele explodia: "Eu só quero saber o nome. Bastava o nome. Ou, então, um retrato!" Já não se dizia "bonito", nem "pintoso". Admitia: "Acabo maluco, se já não estou." No emprego, passava horas imerso numa ardente e inútil meditação. Até que um dia recebe a notícia: ao atravessar uma rua, Peixoto morrera imprensado entre um bonde e um ônibus. Andrezinho uivou: "Morto?" E soluçava: "Não é possível! Não pode ser!" Uns 15 minutos depois, entrava no necrotério. Ao ver o outro, na mesa, definitivamente silencioso, sentiu-se condenado a amar uma mulher que jamais conheceria. Enfureceu-se. Atirou-se ao cadáver, sacudia-o, gritando:

— Diz o nome! Quero o nome! Fala!...

Foi agarrado, dominado. Então, caiu de joelhos, no ladrilho. Seu choro era grosso como um mugido.

Uma senhora honesta

Era muito virtuosa e, mais do que isso, tinha orgulho, tinha vaidade dessa virtude. Casada há seis meses com Valverde (Márcio Valverde), ouvia muita novela de rádio. E se, por coincidência, a heroína da novela prevaricava, ela não podia conter sua indignação. Dizia logo:

— Esse negócio de trair o marido não é comigo!

Fazia uma pausa rancorosa. E concluía:

— Acho muito feio!

Vigiava as colegas, as vizinhas, sobretudo as casadas. Quando surpreendia um olhar suspeito, um sorriso duvidoso, vinha para casa em brasas. Perdia a compostura:

— Fulana devia ter mais vergonha naquela cara! Então, isso é papel? Uma mulher casada, com filhos! E até me admira!

Durante horas, não falava noutra coisa. Na sua irritação, acabava implicando com o marido. Valverde, metido num pijama listrado, tremia diante dessa virtude agressiva e esbravejante. Refugiava-se detrás da última edição, como se fosse uma barricada; ciciava:

— Fala baixo, Luci! Fala baixo!

— Fala baixo, por quê? Ora, essa é muito boa! Afinal, estou ou não estou na minha casa?

— A vizinhança pode ouvir.

— Bolas pra você! Bolas pra vizinhança!

Valverde sofria de asma. Bastava o tempo esfriar um pouquinho; a umidade era um veneno para ele. E, então, passava mal, tudo quanto era brônquio chiando, e o acometia o pavor da asfixia iminente. Sendo tímido, talvez a timidez decorresse de sua condição melancólica de asmático. Mirrado, com um peito de criança, uns bracinhos finos e longos de Olívia Palito — o pobre-diabo não tinha a base física da coragem. Por vezes, nas suas meditações, imaginava a hipótese de uma luta corporal entre ele e a esposa. Embora mulher, Luci era bem mais alentada. E não há dúvida de que levaria vantagem esmagadora. A superioridade da moça, porém, não era apenas física. Não. O que a tornava intolerável e agressiva era justamente a virtude que a encouraçava. Como se sentia uma esposa corretíssima, acima de qualquer suspeita, vivia esfregando na cara do marido essa fidelidade. Não passava um santo dia que não alegasse:

— Mulher igual a mim pode haver! Mais séria, não! E duvido!
— Eu disse o contrário, disse?
— Não disse, mas insinuou!
— Oh, Luci!

Ela espetava o dedo no peito magro do marido; e explodia:

— Os homens são muito burros! Não sabem dar valor a uma mulher honesta. Só te digo uma coisa: devias dar graças a Deus de teres uma esposa como eu!

Não há dúvida: ela o tratava mal, muito mal mesmo; desacatava-o, inclusive na frente de visitas. Justificava-se, porém:

— Não sou de muito chamego, de muito agarramento, mesmo porque tudo isso é bobagem. Mas nunca te traí. Compreendeste?

O trote

Era funcionária pública, já que o marido ganhava pouco. Ia para a repartição cedinho. Para evitar equívocos, amarrava a cara. Andar de cara amarrada era uma de suas normas de mulher séria. Fosse por essa ferocidade fisionômica ou por outro motivo qualquer, não tinha maiores aborrecimentos na rua. E não que fosse feia. Podia não ser bonita, mas era cheia de corpo. E há, indubitavelmente há, conquistadores que se especializam em senhoras robustas. Por outro lado, enfurecia-se contra um simples olhar. Certa vez, no ônibus, um senhor, de meia-idade, que ia no banco da frente, virou-se, umas duas ou três vezes, durante os quarenta minutos da viagem. Luci perguntou, então, bem alto, para que todos ouvissem:

— Nunca me viu, não?

O cavalheiro, com as orelhas em fogo, só faltou se afundar no banco. Uns rapazolas, sem compostura, riram. E quando Luci chegou na repartição esbravejava:

— A gente encontra cada sem-vergonha que só dando com a bolsa na cara!

Não saberia viver sem essa honestidade profunda. Um dia a vizinha veio bater na porta:

— D. Luci! D. Luci!

Apareceu, de quimono. Era o telefone. Admirou-se:

— Pra mim?

Veio atender assim mesmo. Era uma voz de homem, disse mais ou menos o seguinte:

— Aqui fala um seu admirador.

Antes da indignação, houve o pasmo:

— Como?

— Tenho pela senhora uma grande simpatia.

Era demais! Apesar de estar na casa dos outros, ou por isso mesmo, fez tremendo escândalo:

— Olha, seu cachorro, seu sem-vergonha! Eu não sou, ouviu, quem você está pensando! E fique sabendo que meu marido é bastante homem para lhe partir a cara!

O anônimo, do outro lado, não perdeu a calma. Eliminou o tratamento de senhora e declarou simplesmente o seguinte, fazendo uso de expressões, as mais desagradáveis e chulas:

— Tu deixa de ser besta, porque tudo isso é conversa fiada, etc. etc. etc.

O explorador

A família do vizinho, maravilhada, regalava-se com tamanha virtude. Luci voltou para casa transpirando, mas na euforia de sua fidelidade. Nunca, como durante o telefonema, sentira tão inequivocamente a sua condição de senhora honesta. De noite, quando o marido chegou, contou-lhe tudo. Valverde estava constipado e, pois, no pânico da asma. Ouviu, sem um comentário. Luci soltou a bomba, afinal:

— Desconfio de um cara.

— Quem?

— Primeiro, vou apurar direitinho. Mas se for quem suponho, vou te pedir um favor.

— Qual?

E ela:

— Você vai me dar um tiro nesse camarada!

— Eu? Logo eu?! Tem dó!

— Porque se você não der o tiro, te garanto que eu dou!

Sim, ela desconfiava de alguém. Há seis meses que, ao sair de manhã e ao voltar de tarde, um vizinho vinha para a janela assistir à sua partida e à sua chegada. Ora, desde que se capacitara da própria honestidade, um simples olhar bastava para a conspurcar. Ela própria sustentava a teoria de que nada é tão imoral no homem quanto o olhar. E o vizinho em apreço, sem dizer uma palavra, sem esboçar um sorriso, dardejava sobre ela os olhares mais atentatórios. A coisa era de tal forma tenaz, obstinada e impudica que Luci acabou pedindo informações sobre o camarada. Soube de coisas incríveis, inclusive uma que a arrepiou: embora moço (teria seus trinta e poucos anos), vivia às custas de uma velha rica. Sofria desfeitas, humilhações da megera, que chorava cada tostão. Mas o rapaz, com um estoicismo e um descaro impressionantes, suportava tudo para não morrer de fome. E Luci, apesar de achar feio, horrível, esse negócio de homem sustentado por mulher, teve uma pena relativa das desconsiderações infligidas ao sem-vergonha. Reagiu, porém, contra essa debilidade sentimental, porque enfim o rapaz estava nutrindo a seu respeito intenções desonestas, embora não expressas. Posteriormente, soube do nome do conquistador: Adriano. Era, como se vê, nome de vinho e, ao mesmo tempo, nome de fogos de São João. À noite, antes de dormir, e já na espessa camisola, fazia comentários enigmáticos, cujo sentido Valverde não captava:

— Hoje em dia os homens não respeitam nem mulher casada!

Dizia isso diante do espelho, repassando no rosto um remédio para espinha que lhe tinham recomendado. O marido, quieto e esquálido na cama, no pavor permanente da asma, olhava de esguelha para a mulher. E calado fazia suas reflexões. Tinha um amigo que era traído da maneira mais miserável. Apesar disso ou por isso mesmo a mulher o tratava como a um príncipe. E sempre que voltava de uma entrevista com o outro, trazia para o esposo uma lembrancinha. Valverde quase invejava o colega. Ainda diante do espelho, Luci prosseguia, indireta e sutil:

— Mas comigo estão muito enganados! Eu não sou dessas!

Calava-se, porque, evidentemente, não podia pôr o marido a par de suas atribulações.

No dia seguinte, ao passar, a caminho do ponto de ônibus, lá estava o conquistador de velhas. Foi ilusão de Luci ou ele entreabrira para ela um meio sorriso sintomático. Ficou indignada, disse, entredentes:

— Que desaforo!

No ônibus, viajou preocupadíssima. Era óbvio que o miserável já não se limitava a uma admiração distante, quase respeitosa. Não. Apertava o cerco. Durante todo o dia, no trabalho, ela se sentiu acuada. O pior foi na volta, à tarde: o Fulano estava, na calçada, numa camisa esporte verde--clara, de mangas curtas. Pela primeira vez, Luci constatou que tinha braços fortes e bonitos, o que não era de admirar, dado que, aos domingos, o cínico jogava voleibol de praia. Esta exibição deslavada de braços tornava mais patentes do que nunca as intenções de conquista. E só faltava, agora, uma coisa: que o rapaz lhe dirigisse a palavra. Se fizesse isso, Luci seria bastante mulher para lhe quebrar o guarda-chuva na cara. Finalmente, a moça apanhou uma gripe e resolveu ficar em casa.

Orquídeas

O marido saiu, muito alegre, dizendo que ia jogar no bicho; sonhara com não sei que animal e planejava o jogo. Muito imaginativa, ela ficou cultivando as piores hipóteses, sobretudo uma particularmente eletrizante: de que o vizinho, aproveitando a ausência de Valverde, invadisse a casa. Podia ter passado a tranca na porta, mas não ousou. Às quatro horas da tarde, explodiu o inconcebível: um mensageiro veio trazer uma caixa de orquídeas. Nenhuma indicação de remetente. Luci tremeu. Pela primeira vez em sua vida, compreendia toda a patética fragilidade do sexo feminino, todo o imenso desamparo da mulher. Diria ao marido? Não, nunca! Valverde, apesar da asma, do peito de menino, podia dar um tiro no Casanova. Por outro lado, já admitia que o vizinho nutrisse por ela mais que um simples entusiasmo material. Quem sabe se não seria um amor? Grande, invencível, fatal? De noite, chegou Valverde, eufórico. Ao vê-lo, Luci teve um choque como se o visse pela primeira vez: que figurinha lamentável! E não pôde deixar de estabelecer o contraste entre os bracinhos do marido e os do "outro". Valverde quis beijá-la; ela fugiu com o rosto, azeda:

— Sossega!

O pobre esfregou as mãos:

— Ganhei no bicho!

Ela, nem confiança. Ligou o rádio; mas o seu pensamento estava cheio de orquídeas. De repente, Valverde, que fora lá dentro, reapareceu de calça de pijama e a camisa rubro-negra, sem mangas, que usava na intimidade. Fez, então, a pergunta:

— Recebeste as flores?

— Que flores?

— Que eu mandei?

Empalideceu:

— Ah, foi você?

E ele:

— Claro! Ganhei no bicho e já sabe!

A alma de Luci caiu-lhe aos pés, rolou no chão. Fora de si, não queria se convencer:

— Foi então você? Mas não é possível, não acredito! Onde já se viu marido mandar flores!

Ele com os bracinhos de fora, os bracinhos de Olívia Palito, insistia que fora ele, sim, e explicou o anonimato das flores como uma piada. Quando Luci se convenceu por fim, deixou-se tomar de fúria. Cresceu para o marido, já acovardado, e o descompôs:

— Seu idiota! Seu cretino! Espirro de gente!

Acabou numa tremenda crise de pranto. Sem compreender, ele pensou na esposa do colega, que era infiel e, ao mesmo tempo, tão cordial com o marido!

Covardia

Durante meses, atracado ao telefone, pedia: "Vem, querida, vem!" Rosinha, que era uma nervosa, uma irritada, tinha vontade de explodir:

— Escuta, Agenor! Pelo amor de Deus! Já não te disse, ah, criatura! Será que... Escuta. Você não é capaz de um amor espiritual?

E o rapaz:

— Sou, mas... Uma coisa não impede a outra. Você é matéria e espírito. — E insistia: — Não é matéria e espírito?

Acabou perdendo a paciência:

— Você só pensa em sexo!

Agenor danou-se, também:

— Minha filha, não fui eu que inventei o sexo. De mais a mais, escuta, o sexo pode ser sublime, entendeu? Sublime! Por que é que nós estamos no mundo? — E concluiu, triunfante: — Por causa do sexo!

Até que, um dia, Rosinha disse a última palavra:

— Não serve assim, paciência. O que você quer eu não posso dar. Sou casada e não está certo, não está direito. Nem meu marido merece.

Sentindo que a perdia, humilhou-se:

— Te juro. Olha. Nunca mais, está ouvindo? Nunca mais eu tocarei no assunto, juro.

Rosinha teve uma pena brusca desse rapaz que a amava tanto. Sorriu no telefone, como se Agenor pudesse vê-la. Disse, com uma ternura triste:

— Olha. Amizade vale mais do que sexo.

Amor infeliz

Ela teria traído talvez um outro marido. Mas o Marcondes era um triste, um humilde, um desses mansos natos e hereditários. Já o pai (e possivelmente o avô) fora também um tipo singular, delicado e pungente, incapaz de uma irritação, de uma grosseria. Marcondes não lhe ficava atrás. Tinha adoração pela mulher. Olhava Rosinha de um jeito como se a lambesse com a vista. Ela gostava de Agenor, que era um íntimo da casa e não saía de lá. Desde o primeiro dia, porém, fora muito clara, muito leal:

— Gosto de você. Gosto. Não nego. Mas você acha que alguém pode trair o Marcondes? Não faz mal a ninguém.

O Agenor, apesar do seu despeito, de sua frustração, teve que admitir, textualmente, que o Marcondes era "um colibri". Mas como era um sujeito forte, de uma saúde tremenda, um apetite vital esmagador, doeu-lhe aquele amor sem esperança.

Quero crer que Rosinha jamais trairia o Marcondes. Um dia, porém, ocorre um desses episódios fatais. Eis o fato: uma manhã, o padeiro bate na porta de Marcondes. Este acabara de sair. Rosinha atende e manda: "Passa amanhã." O sujeito, um latagão insolente, pergunta, alto:

— Amanhã, uma conversa! Você paga ou não paga?

Enfureceu-se: "Escuta aqui! Quando foi que eu lhe dei essa confiança de me chamar de você?" Com a sua vitalidade animal, o pescoço grosso e bovino, o sujeito ameaça: "Não tem mais fiado!" E ela, fora de si: "Seu moleque!" Defronte, uma vizinha apareceu na janela. Resposta do fulano: "Moleque é a senhora!" Rosinha esganiçou-se:

— Patife! Se meu marido estivesse aqui, quebrava-lhe a cara!

O rapaz tem um riso farto:

— Logo mais eu volto! Quero ver seu marido me quebrar a cara, quero ver!

Deixou-a berrando e saiu, muito tranquilo e muito cínico.

No emprego, Marcondes nem teve tempo de tirar o paletó. A mulher berrava no telefone: "Fui agredida! Larga tudo e chispa!" Quando entra em casa, a mulher soluçava, cercada de vizinhas solidárias. Ao vê-lo, Rosinha atira-se nos seus braços: "Oh, meu filho! Imagina!" Conta-lhe, tumultuosamente, tudo. E termina com a exigência histérica: "Você vai me fazer um favor. Vai me dar um tiro nesse cachorro!" O Marcondes desprende-se, num repelão feroz:

— Tiro? Eu? Mas eu não sou de dar tiros! E tiro nunca foi solução! Brincadeira tem hora!

Um silêncio varre a sala. Rosinha olha em torno, espavorida. Vira-se para o marido: "Você está com medo?" No seu pânico selvagem, ele ia responder: "Medo é apelido." Mas havia estranhos. Conteve-se. E tiritava, varado de arrepios. Mas a pusilanimidade era tão evidente, tão confessa, que Rosinha não teve ânimo para mais nada.

Vira-se para as vizinhas: "Vocês me dão licença, sim?" As outras saíram, uma a uma. E quando Marcondes soube que o caixeiro voltaria, pulou na sala como um índio de filme: "Eu não estou! Quando ele vier, eu não estou! Pra ninguém!" Rosinha olhava-o, sem uma palavra. De noite, quando bateram, ela teve um esgar maligno:

— Vai lá, anda, vai!

Marcondes ia correr para o quarto, trancar-se lá. Mas a vergonha o travou. Chegou a dar três ou quatro passos na direção da porta. Súbito, estaca, levando a mão ao estômago. Em seguida, retrocede. Rosinha o vê passar, correr para o banheiro, em náuseas medonhas. Ela vai ver quem é: era alguém pedindo uma esmola. Disse: "Deus o favoreça." Volta e não vacilou mais: liga para o Agenor. Enquanto o marido tem o vômito do medo, ela está no telefone dizendo:

— Mudei de opinião. Vou, sim. Onde é? Deixa eu apanhar um lápis.

Fatalidade

O marido sai do banheiro, arquejante. Balbucia: "Era o cara?" Soube que não. Desaba na cadeira. Faz o comentário lúgubre: "Eu devia aprender jiu-jítsu." Passou. No dia seguinte, ela nem almoçou. Tomou um banho, perfumou o corpo, pôs talco nos pés. Espia debaixo do braço. E teve o cuidado de passar gilete. Por fim, olhou-se no espelho: estava linda para o pecado. Uma hora depois, saltava na esquina da Viveiros de Castro. Para um momento, diante de uma casa, para ver a numeração. Súbito, ouve uma voz alegre:

— Por aqui, d. Rosinha?

Volta-se, aterrada. Era o dr. Eustáquio, um amigo da família e advogado da prefeitura. Com 48 anos, bem-posto, uma polidez impecabilíssima, ele inclinava-se diante da moça. Rosinha mentiu, desesperada: "Estou aqui esperando uma amiga. Marcamos um encontro e..." Dr. Eustáquio foi esplêndido:

— Eu faço companhia, até sua amiga chegar.

Olhou-o com terror. Diz, quase sem voz: "Não precisa se incomodar." O outro curvou-se vivamente: "Pelo contrário. É um prazer." E repetia, em tom profundo, com uma cintilação no olhar: "Um prazer." Ela pensava: "Chato!" E sua vontade era chorar. Imediatamente, o dr. Eustáquio, que ganhava 72 contos na prefeitura, fez-lhe a pergunta:

— A minha amiga tem lido o Drummond, o Carlos Drummond de Andrade! O poeta! Pois é. A gente vive aprendendo. O Drummond é contra Brasília. Mete o pau em Brasília. Acompanhe o meu raciocínio. Se o Drummond não aceita Brasília, é um falso grande poeta. Não lhe parece? A senhora admitiria um Camões que não aceitasse o mar? Um Camões que, diante do mar, perguntasse: "Pra que tanta água?" Pois, minha senhora, creia. Recusando Brasília, o Carlos Drummond revela-se um Camões de piscina ou nem isso: um Camões de bacia.

Desatinada, Rosinha via o tempo passar. O dr. Eustáquio fazia-lhe outra pergunta amável: "Gosta de poesia?" Quase chorando, diz: "O Araújo Jorge, aprecio." E odiava aquele velho de unhas bem tratadas, cheiroso, sempre com o ar de quem lavou o rosto há dez minutos. Quis enxotá-lo: "O senhor não faça cerimônia." Com uma polidez grave e irredutível, atalha: "Disponho de tempo." Com fina malícia, acrescenta: "Hoje não fui lá. Matei o serviço." De resto, era de opinião que o Estado existe para isso mesmo, ou seja, para subvencionar "gazeta" dos funcionários inteligentes. Esperaram, ali, dez, vinte, trinta, quarenta minutos. O dr. Eustáquio não parava; e estava dizendo: "Nós tivemos um Homero. O Jorge de Lima. Morreu. Brasília está lá, profetizada, em *Invenção de Orfeu*." Subitamente, Rosinha corta:

— Minha amiga não vem mais. Vou-me embora.

Imaginava desfazer-se daquela companhia abominável, saltar adiante e voltar. Mas ele foi admirável: "Levo-a em casa! Levo-a em casa!" Rosinha sentiu que era inútil. Pensa, no seu ódio: "Esse palhaço não me larga!" Veio de Copacabana a Aldeia Campista, com aquele homem ao lado. Ele dizia: "Lá na Procuradoria, temos um talento, o Otto Lara Resende." Ouvia só, atônita. Dr. Eustáquio deixou-a na porta de casa. Despedia-se: "Recomendações! Recomendações!" Rosinha entra. Apanhando o lotação, dr. Eustáquio concluía: "Linda rapariga! Linda!" De noite, o marido chega. Ela o agarra: "Tu gostas de tua gatinha, gostas?" Ofereceu ao marido toda a frenética voluptuosidade que não pudera dar ao quase amante.

Fruto do amor

Pareciam-se tanto, fisicamente, que suporiam a pergunta:
— Irmãs?
E Moema:
— Primas.

Eram ligadas por uma série de afinidades profundas. Moema nascera primeiro, isto é, quatro dias na frente da outra. Suas mães, além do parentesco, eram vizinhas. Acresce a circunstância de se terem casado no mesmo dia, na mesma igreja, no mesmo altar. O mesmo padre as abençoou. Após a lua de mel, uma telefonou para outra:

— Será que vamos ter neném no mesmo dia?
E a outra:
— Tomara!

Mas está claro que uma nova coincidência seria inverossímil. Houve de um parto para outro a diferença, já referida, de três ou quatro dias. Pena é que tivessem nascido duas meninas e não o menino e a menina que ambas desejavam. A diferença de sexos teria permitido, talvez, um casamento futuro, embora se diga geralmente: "Casamento de primos não é negócio." Enfim, Moema e Abigail nasceram e se criaram tão íntimas, tão amigas como o seriam duas gêmeas. Era uma amizade de tal forma constante, perfeita, que as duas mães viviam dizendo:

— Não briguem nunca! Nunca!

O namorado

Quando ambas completaram 17 anos, Moema viu Flávio, pela primeira vez. Catucou a prima:

— Olha!

— Onde?

— Ali.

Abigail olhou na direção indicada. Quis certificar-se: "Aquele de azul-marinho?" Moema confirmou perguntando:

— Que tal?

Admitiu:

— Bacana.

E Moema:

— Não é?

Estavam numa festa, em casa de família. Quando saíram, Moema, animadíssima, avisou:

— Sabe como é. É meu.

— Por quê?

Baixo e incisiva, disse:

— Porque eu vi primeiro, ora!

De momento, Abigail não fez nenhum comentário. Mas quando dobraram a esquina da rua, onde moravam, ela se permitiu ironizar:

— Você é um número, uma bola!

— Eu?

— Claro! Nem conhece o homem, nunca o viu mais gordo, e já toma uns ares de proprietária! Parei contigo!

Briga

Tiveram, então, um aborrecimento, que era o primeiro de uma amizade que parecia definitiva. O argumento de Moema era sempre o mesmo: "Eu vi primeiro! Eu vi primeiro!" E a interpelava a prima: "Foi ou não foi?" Numa surda irritação Abigail replicava:

— Até aí morreu o Neves, ora, bolas! Sabe lá se ele vai fazer fé com tua cara?

Moema punha as duas mãos nos quadris:

— Você não viu? Flertou comigo, o tempo todo, escandalosamente!

Sem dar o braço a torcer, Abigail reagia:

— Mas que mascarada você é, puxa!

Esfriaram por uns dias. Foi um caso tão desagradável que as duas mães, preocupadas, procuraram servir de mediadoras: "Vamos fazer as pazes! Vamos fazer as pazes!" Deram-se as mãos, abraçaram-se. Moema, comovida, teve um gesto muito nobre:

— Você quer que eu desista?

— Deus me livre!

Insistiu:

— Vê lá, Abigail. Não quero que depois, você diga que eu...

Mas Abigail, muito positiva, cheia de altivez, deu a última palavra:

— Em absoluto! E, até, pelo contrário, faço questão, fechada, que você continue, claro!

O grande amor

E, então, sanado o mal-entendido, Moema pôde dedicar-se, de corpo e alma, ao seu romance. Era um primeiro amor. Mas ela, com o seu arrebatamento de mulher enamorada, sublinhava: "Primeiro e último." Assim que o namoro se definiu, ela fez questão de apresentar Abigail a Flávio. Solenizou:

— É mais que uma irmã.

Houve, de parte a parte, um "muito prazer" e, logo, se criou entre o rapaz e Abigail uma grande e doce confiança. Na ocasião do noivado, a própria Moema sugeriu:

— Por que é que você não beija Abigail?

O noivo, contrafeito, incerto, sorria:

— E posso?

— Mas, evidente!

Assim, todas as vezes que chegava ou saía, Flávio roçava, de leve, com os lábios, a face de Abigail, num beijo de irmão. Em redor, toda a família aprovava, gravemente. Só o pai de Moema é que, uma única vez, falando à mulher, permitiu-se uma restrição:

— Sabe que eu não aprovo esse beijo?

A mulher caiu das nuvens:

— Mas é na face, Fulano!

O outro, teimoso, continuou: "Não interessa! Abigail não é feia, é até muito bem-apanhada..." Afrontada, a mulher o interrompeu:

— Você põe maldade em tudo, carambolas! Que imaginação depravada você tem!

O trio

Um belo dia, casaram-se. Após a lua de mel, surgiu a ideia de morar Abigail com Moema ou, pelo menos, de passar com a prima longas temporadas. Novamente, o único que, extraoficialmente, manifestou-se em desacordo foi o pai Moema. Dentro do quarto, a sós com a mulher, soprou: "Não acho negócio!" Pânico e indignação da mulher: "Que espírito de porco você é! Sempre do contra! Por que é que você não toma sal de frutas, criatura!" Mas essa oposição, que não chegou a ser conhecida, não mudou, em nada, o curso dos acontecimentos. Abigail, muito fresca e linda, instalou-se na residência do casal. O velho pai de Moema rosnou:

— Lavo minhas mãos!

Face e boca

Para Moema a companhia da outra fora um achado. Interrogava a própria Abigail: "Não foi uma ideia luminosa que eu tive? Genial?" Eram cada vez mais amigas, mais unidas. Moema não sabia ir a lugar nenhum, com o marido, sem levar Abigail, atrás. Uma tarde, Flávio veio mais cedo para casa. Moema estava no quarto, cochilando. E Abigail, na sala, lendo revistas. Como sempre fazia, Flávio inclinou-se e a beijou, de leve, na face. Sem alterar a voz e sem se mexer, Abigail perguntou:

— Por que na face?

— Como?

E ela, baixo, sem desfitá-lo:

— Por que na face e não na boca?

A princípio, não compreendeu. Repetia, pálido: "Na boca?" Sem consciência do próprio ato, curvou-se e a beijou, rapidamente, nos lábios. Depois, recuou, diante dele:

— Isso não é beijo! Quero um beijo, de verdade! Um só e pronto!

Arquejou, olhando para um lado e outro:

— Um só?

Teve uma espécie de vertigem vendo, tão próxima, a boca que se oferecia. Depois, numa audácia linda, a menina puxa a blusa: "Agora aqui." Alucinado, beija o seio muitas vezes e, por fim, morde, de leve, o biquinho.

Trama

Foi mais ou menos por essa época que o médico da família anunciou: Moema não poderia ter filhos, nunca. Foi uma tristeza, porque mulher e marido adoravam crianças. Passa-se o tempo. Um dia, entra Abigail no quarto de Moema. Pela primeira vez, revela a obsessão antiga: "Tu me tiraste o homem que eu amava e eu..." Pausa. Diz, sem desfitá-la:

— Vou ter um filho. Sabes de quem?

Moema, que estava sentada, ergueu-se. Pousou a mão no ombro da outra, num cuidado instintivo: "Senta, senta!" A outra obedeceu, atônita. Moema continuou, já chorando:

— Deus abençoe o filho do homem que eu amo!

Durante largo tempo, choraram em silêncio, unidas e amigas como duas irmãs, duas gêmeas.

Marido fiel

Discutiam sobre fidelidade masculina. Rosinha foi categórica:

— Pois fique sabendo: eu confio mais no meu marido que em mim mesma!

Ceci tem um meio riso sardônico:

— Quer dizer que você pensa que seu marido é fiel?

Replicou:

— Penso, não, é! Fidelíssimo!

A outra achava graça. Pergunta:

— Queres um conselho? Um conselho batata?

— Vamos ver.

E Ceci:

— Não ponha a mão no fogo por marido nenhum. Nenhum. O homem fiel nasceu morto, percebeste? Eu te falo de cadeira, porque também sou casada. E não tenho ilusões. Sei que meu marido não respeita nem poste!

Rosinha exaltou-se:

— Não sei do teu marido, nem me interessa. Só sei do meu. E posso te garantir que o meu é cem por cento. Ai dele no dia em que me trair, ai dele! Sou muito boa, tal e coisa. Mas a mim ninguém passa pra trás. Duvido!

Bobinha

Ceci, que era sua amiga e vizinha, não tarda a sair. Sozinha em casa, ela fica pensando: "Ora veja!" Desde os tempos de solteira que tinha pontos de vista irredutíveis sobre a fidelidade dum casal. Na sua opinião, o único problema da esposa é não ser traída. Casa, comida e roupa não têm a mínima importância. Tanto que, antes de casar com Romário, advertira:

— Passo fome contigo, o diabo. Só não aceito uma coisa: traição!

Diga-se de passagem que o comportamento de Romário, seja como namorado, noivo ou marido, parecia exemplar. Estavam casados há três anos. Até prova em contrário, ele fazia a seguinte vida: da casa para o trabalho e do trabalho para casa. Como amoroso, ninguém mais delicado, mais terno: mantinha, em plena vida matrimonial, requintes de namorado. Estirada na espreguiçadeira, Rosinha repetia de si para si: "É mais fácil eu trair Romário do que ele a mim!" Esta era a doce e definitiva convicção em que se baseava a sua felicidade matrimonial. De noite, quando o esposo chega do trabalho, ela se lança nos seus braços, beija-o, com uma voracidade de lua de mel. À queima-roupa, faz-lhe a pergunta:

— Tu serias capaz de me trair?
— Isola!

Teima:

— Serias?

E ele:

— Sossega, leoa!

Então, Rosinha conta a conversa que tivera com Ceci. O marido rompe em exclamações:

— Mas oh! Parei contigo, carambolas! Tu vais atrás dessa bobalhona? A Ceci é uma jararaca, uma lacraia, um escorpião! E, além disso, tem o complexo da mulher traída duzentas vezes por dia. Vai por mim, que é despeito!

Ceci

Fosse como fosse, a conversa com Ceci marcara o espírito de Rosinha. Escovando os dentes para dormir, surpreendeu-se fazendo a seguinte conjetura: "Será que ele me trai? Será que ele já me traiu?" No dia seguinte, pela manhã, vai à casa de Ceci, que era contígua à sua. Começa:

— Não pense que eu sou boba, não. Se eu digo que meu marido não me trai é porque tenho base.

A outra, espremendo espinhas diante do espelho, admira-se:

— Como base?

Explica, animada:

— Pelo seguinte: eu sei tudo o que meu marido faz, tudo. Entra dia, sai dia e o programa dele é este: de manhã, vai para o emprego; ao meio-dia, almoço em casa; depois, emprego e, finalmente, casa. Nunca telefonei para o emprego, em hora de expediente, que ele não estivesse lá, firme como o

Pão de Açúcar. Mesmo que Romário quisesse me trair, não poderia, por falta de tempo.

Ceci suspira:

— Ah, Rosinha, Rosinha! Sabes qual a pior cega? A que não quer ver. Paciência.

A outra explodiu:

— Ora, pipocas! Cega onde? Então quero que você me explique: como é que meu marido pode ser infiel se está ou no trabalho ou comigo? Você acha possível?

Resposta:

— Acho. Me perdoe, mas acho.

Maracanã

Passou. Mas no domingo, depois do almoço, Ceci apareceu para uma prosinha. Muito bisbilhoteira, percebe que Romário não está. Quer saber: "Cadê teu marido?" E Rosinha, lacônica:

— Foi ao futebol.
— No Maracanã?
— Sim, no Maracanã!

Ceci bate na testa:

— Já vi tudo! — E, radiante, interpela a vizinha: — Você diz que teu marido ou está contigo ou no trabalho. Muito bem. E aos domingos? Ele vai ao futebol e você fica! Passa a tarde toda, de fio a pavio, longe de ti. É ou não é?

Rosinha faz espanto:

— Mas ora bolas! Você quer coisa mais inocente do que futebol? Inocentíssima!

Excitada, andando de um lado para outro, Ceci nega: "Pois sim! E se não for futebol? Ele diz que vai. Mas pode ser desculpa, pretexto, não pode? Claro!" Pálida, Rosinha balbucia: "Nem brinca." A vizinha baixa a voz, na sugestão diabólica: "Vamos lá? Tirar isso a limpo? Vamos?" Reage: "Não vale a pena! É bobagem!" Ceci tem um riso cruel: "Estás com medo?" Nega, quase sem voz: "Medo por quê?" Mas estava. Sentia uma dessas pusilanimidades pânicas que ninguém esquece. Ceci comandava:

— Não custa, sua boba! É uma experiência! Nós vamos lá e pedimos ao alto-falante para chamar teu marido. Se ele aparecer, muito bem, ótimo. Se não aparecer, sabe como é: está por aí nos braços de alguma loura. Topas?

Respondeu, com esforço:

— Topo.

O alto-falante

Sob a pressão irresistível da outra, mudou um vestidinho melhor, pôs um pouco de ruge nas faces e dispensou o batom. Já na porta da rua, Rosinha trava o braço de Ceci. Grave e triste, adverte: "Isso que você está fazendo comigo é uma perversidade, uma malvadeza! Vamos que o meu marido não esteja lá. Já imaginou o meu desgosto? Você acha o quê? Que eu posso continuar vivendo com o meu marido, sabendo que ele me traiu?" E confessou, num arrepio intenso: "Tenho medo! Tenho medo!" Durante toda a viagem para o estádio, a outra foi se justificando: "Estou até te fazendo um favor, compreendeste?" Rosinha suspira em profundidade: "Se Romário não estiver lá, eu me separo!" A outra ralhou:

— Separar por quê? Queres saber duma? A única coisa que justifica a separação é a falta de amor. Acabou-se o amor, cada um vai para seu lado e pronto. Mas a infidelidade, não. Não é motivo. A mulher batata é a que sabe ser traída.

Quando chegaram no estádio, Ceci, ativa, militante, tomou todas as iniciativas. Entendeu-se com vários funcionários do Maracanã, inclusive o *speaker*. Rosinha, ao lado, numa docilidade de magnetizada, deixava-se levar. Finalmente, o alto-falante do estádio começou a chamar: "Atenção, senhor Romário Pereira! Queira comparecer, com urgência, à superintendência!"

O apelo

O locutor irradiou o aviso uma vez, duas, cinco, dez, vinte. Na superintendência do Maracanã as duas esperavam. E nada de Romário. Lívida, o lábio inferior tremendo, Rosinha pede ao funcionário: "Quer pedir para chamar outra vez? Por obséquio, sim?" Houve um momento em que a repetição do apelo inútil já se tornava penosa ou cômica. Rosinha leva Ceci para um canto; tem um lamento de todo o ser: "Sempre pedi a Deus para não ser traída! Eu não queria ser traída nunca!" Crispa a mão no braço da outra, na sua cólera contida: "Eu podia viver e morrer sem desconfiar. Por que me abriste os olhos? Por quê?" Sem perceber o sofrimento da outra, Ceci parecia eufórica:

— Não te disse? Batata! É a nossa sina, meu anjo! A mulher nasceu para ser traída!

Sem uma palavra, Rosinha experimentava uma angústia. Dir-se-ia que, de repente, o estádio se transformava no mais desagradável e gigantesco dos túmulos. Era inútil esperar. E, então, convencida para sempre, Rosinha baixa a voz: "Vamos sair daqui. Não aguento mais." O funcionário da ADEG ainda se inclinou, numa cordialidade exemplar:

— Às ordens.

Ao sair do estádio, ela repetia: "Eu não precisava saber! Não devia saber!" Ao que a outra replicava, exultante e chula: "O bonito da mulher é saber ser traída e aguentar o rojão!" Neste momento, vão atravessar a rua. Rosinha apanha a mão da amiga e, assim, de mãos dadas, dão os primeiros passos. No meio da rua, porém, estacam. Vem um lotação, a toda a velocidade. Pânico. No último segundo, Rosinha se desprende e corre. Menos feliz, Ceci é colhida em cheio; projetada. Vira uma inverossímil cambalhota no ar antes de se esparramar no chão. Rosinha corre, chega

antes de qualquer outro. Com as duas mãos, põe a cabeça ensanguentada no próprio regaço. E ao sentir que a outra morre, que acaba de morrer, ela começa a rir, crescendo. Numa alucinação de gargalhada, como se estivesse em cócegas mortais, grita:
— Bem feito! Bem feito!

Viúva alegre

Quando seu Neves passou, de cara amarrada, os empregados cochicharam entre si:

— No mínimo, brigou com a mulher!

E, de fato, cinco minutos depois, ele abria a porta do gabinete. Esbravejou:

— Cadê o Carvalhinho? A besta do Carvalhinho, onde está?

Não se dirigia a ninguém. Levanta-se então, do fundo da sala, espavorido, Amadeu, o guarda-livros. No seu passo rápido e miúdo de pigmeu, atravessa todo o escritório. Chega junto a seu Neves, põe-se quase na ponta dos pés e sussurra:

— Morreu.

O outro recua:

— Quem?

— O Carvalhinho.

Pálido, pergunta:

— Morreu? Mas de quê, carambolas? Ainda ontem estava bonzinho!

Amadeu resume:

— Coração.

Sem uma palavra, seu Neves apanha o lenço no bolso traseiro da calça e enxuga o suor da testa. A morte, fosse como fosse, o assombrava. Desde criança que perguntava de si para si: "Por que se morre?" E concluía: "Ninguém devia morrer, nunca!" No caso do Carvalhinho, havia uma agravante: o morto fora, até a véspera, seu secretário. Numa impressão profunda, seu Neves vira-se para Amadeu:

— Entra, entra. Preciso falar contigo.

E trancava nas costas os dedos em figas.

Marido humilhado

Carvalhinho morrera na véspera, durante o jantar, quando se servia de sopa. Preliminarmente, seu Neves determinou: "Olha, Amadeu. Manda uma coroa em meu nome, uma coroa bem bacana, ouviu?" Sentou-se na cadeira giratória. Passada a desagradabilíssima surpresa da notícia, recuperava-se rapidamente. De um modo ou de outro, o fato é que a morte do Carvalhinho vinha distraí-lo de um feio bate-boca que tivera em casa, com sua esposa Guiomar.

Enquanto o Amadeu vai tratar da coroa, seu Neves andava no gabinete, de um lado para outro, fazendo uma revisão de sua vida matrimonial. Segundo se dizia, casara-se com Guiomar por interesse. E, com efeito, ela era filha de um italiano riquíssimo, dono de trinta padarias, ao passo que seu Neves não tinha nada de si, senão dívidas.

O fato é que seu Neves comia no lar o pão que o diabo amassou. Sofria as mais graves desconsiderações. Na presença de visitas, de estranhos,

Guiomar o humilhava, sem dó nem piedade: "Quando você se casou comigo, era um pronto! Não tinha onde cair morto!" E seu Neves, indefeso, rilhava os dentes, numa treda e torva humilhação. Nesta manhã, ela o desacatara ferozmente:

— Você é um marido que eu pago! O marido que eu comprei!

Confissão

Até aquele momento, fora de uma discrição exemplar. Jamais abrira a boca para falar mal da esposa. Mas, ao fim de cinco anos de cotidiana humilhação, sentia-se no limite extremo da resistência. Gemia de si para si mesmo: "Eu não aguento mais! Não suporto mais." Quando o Amadeu voltou da casa de flores, seu Neves o pilhou para confidente: "Senta aí, senta." E explica: "Hoje eu tenho de desabafar com alguém ou morro." Diante do subalterno espantado, fez as confidências mais deslavadas. Começou mais ou menos assim:

— Vou te contar o que nunca disse a ninguém: eu me casei por causa do dinheiro de minha mulher, percebeste? Puro interesse e nada mais. Conclusão: estou pagando tudinho. Tu conheces minha esposa: é um bucho?

O acovardado Amadeu gagueja:

— Eu não acho!

Seu Neves salta:

— Acha sim, seu zebu! É um bucho, ouviu? É horrorosa! Mas, enfim, podia ser bucho e prestar, ser uma boa pessoa. Nem isso! Nem isso! É uma megera, compreendeste? Ela me trata a pontapés. Qualquer dia desses me dá na cara!

Parou, arquejante. Ao lado, o Amadeu, trêmulo, era incapaz de um comentário. Seu Neves continua. Tem um riso feroz:

— Eu invejo! Invejo os maridos que matam, que esfolam! Te juro que só não mato minha mulher por falta de coragem física. Sou um banana!

E berrava: "Um banana!"

No fim, vira-se para Amadeu e, quase sem fôlego, diz:

— Resolvi fazer o seguinte: não gosto de minha mulher. Até aqui, fui estupidamente fiel. Não faço uma farra. Mas vou deixar de ser burro. Minha mulher tem dinheiro, não tem? Vou gastar o dinheiro dela com outras mulheres. E vai começar hoje. Percebeste?

— Percebi.

Seu Neves põe-lhe a mão no ombro: "Conto contigo pra isso!" O outro esbugalha os olhos: "Comigo?" E o chefe, transpirando, em voz baixa:

— Contigo sim. Queres subir aqui, não queres? Conheces alguma dona, que seja boa, muito boa, pra lá de boa? Estou disposto a pagar bem. Dinheiro há!

Silêncio de Amadeu, que era, a um só tempo, tímido e ambicioso, taciturno e voraz. Seu Neves enxuga com o lenço o suor do rosto. Interroga o rapaz: "Conheces alguma nessas condições? Disponível para hoje?"

Resposta vaga: "Estou pensando." E, com efeito, durante uns cinco minutos, ele força a memória. Por fim levanta-se:
— Achei.

A pequena

Seu Neves arremessou-se:
— Quem?
E o outro:
— A viúva!

A princípio, seu Neves não entende: "Qual delas?" Sem desfitar o patrão, Amadeu completa:
— A viúva do Carvalhinho.

Atônito, o chefe realiza todo um penoso esforço mental. Mas quando percebe, afinal, a sordidez da sugestão, só faltou bater no subordinado: "Você está maluco? Bebeu? Me acha com cara de abutre? De necrófilo?" Agarra o Amadeu pelos braços e o sacode: "Você acha que eu vou dar em cima da viúva do meu secretário, no dia em que ele é enterrado?" Sem perder a calma, Amadeu trata de convencê-lo. Explica:
— Carvalhinho andava traindo a mulher com uma dona, compreendeu? E sabe por que ele empacotou? Porque a mulher, ontem, descobriu tudo, inclusive a identidade da gaja, e o escrachou durante o jantar. Eu estava lá, vi e ouvi.

— E daí?

Amadeu acende um cigarro:

— Mas é claro como água! Uma mulher despeitada, seja viúva, seja o que for, faz qualquer negócio. Eu aposto os tubos! Aposto o que o senhor quiser! Quer apostar?

Então, enfiando as duas mãos nos bolsos, seu Neves pergunta:

— E a minha situação? Você se esquece de minha situação? Ela pode ser despeitada, mas eu não sou, ora bolas! Negócio de defunto é espeto! Sempre tive um medo danado de defuntos!

Viúva

Fosse como fosse, Amadeu sugere: "Vamos lá dar uma espiada. Não custa espiar." Seu Neves concordou. Ao meio-dia, partem de automóvel para a residência do morto, no subúrbio. E o patrão foi dizendo: "Não telefonei para minha mulher, porque não gosto de dar notícias de morte."

Quase ao chegar ao destino, seu Neves lembra-se: "E que tal? Ela é boa, é?" Amadeu estala a língua: "Um monumento!"

Quando surgiram no velório, seu Neves ia escabreado, ao passo que Amadeu, na frente, varava os grupos. Em dado momento, Amadeu cutuca o outro: "Espia!" Ele olha na direção indicada e recebe um impacto. A viúva, junto do caixão, percebe que aquele, o chefe do marido, crava as unhas no seu braço: "Ah, é o senhor?" Balbucia: "Pois não... Meus pêsames." A pequena teve um meio riso, entre sardônico e apiedado. Indaga: "Sua senhora não veio? Não? Não sabe?" Amadeu, ao lado, explicou que a esposa do patrão ainda não sabia. Então, a viúva não perde tempo: "Quer vir, aqui, um instantinho, quer?" Seu Neves, espantado, acompanha-a até o jardim. Lá ela começa:

— Meu marido arranjou esse emprego por influência de sua senhora. O senhor nunca estranhou esse interesse? Nunca desconfiou de nada?

Conversaram uma meia hora, em voz baixa. Cada pessoa que chegava, já sabe, arregalava os olhos, sem compreender que uma viúva abandonasse o velório do marido. Por fim, ela ergueu-se: "Não vou ficar aqui, nem vou ao cemitério. Quer sair comigo?" Foi um escândalo quando eles, de braço, deixaram a casa e apanharam um automóvel. Seu Neves andou de táxi pela cidade com a viúva, horas e horas. Deixou-a, alta madrugada, na residência de um parente.

E, então, voltou para o lar. Chegou em casa, acordou a esposa e deu-lhe uma surra.

Cheque do amor

Filhinho de papai rico, fez o diabo até os 22 anos. Embriagava-se de rolar nas sarjetas. E era preciso que os amigos ou a polícia o levassem para casa em estado de coma. De vez em quando, o pai perdia a paciência. Chamava o rapaz, passava-lhe um carão tremendo: "Te deixo a pão e laranja, sem um níquel!" Como não cumprisse nunca a ameaça, Vadeco perseverava na mesma vida. Um dia, numa boate, excedeu-se a si mesmo, promoveu um conflito pavoroso. Foi um escândalo. De manhã, o velho estava no quarto do filho, esbravejante:

— Você é a vergonha da família!

Vadeco não abriu a boca. Com todos os seus defeitos, que eram muitos e graves, respeitava o pai. No fim, o velho disse a última palavra: "Você agora vai trabalhar, seu animal!" E, de fato, já no dia seguinte, Vadeco tomava posse do seu primeiro emprego, como gerente numa das empresas do pai. Seu primeiro ato foi nomear secretário um amigo e companheiro de farras, o Aristides. No primeiro dia, não fizeram absolutamente nada, senão olhar um para o outro. De vez em quando, um dos dois tinha a exclamação: "Que abacaxi!" Mas, na hora do lanche, o Aristides foi dar umas voltas pelo escritório. Voltou outro. Esfregando as mãos, anunciou:

— Parece que tem, aí, umas pequenas ótimas!

D. Juan

E, então, rapidamente, com a colaboração do Aristides, Vadeco foi tomando conta do ambiente. Nem um nem outro faziam nada; mas, em compensação, enchiam o gabinete de funcionárias. Era uma pândega ao longo de todo o horário de trabalho. De vez em quando, o Vadeco, de olhos injetados, virava-se para o secretário:

— Fecha a porta à chave!

O outro obedecia, e o resto dos empregados, atônitos, faziam as suposições mais espantosas. Uma das funcionárias quis se engraçar com o Aristides: este, porém, foi claro, leal, definitivo: "Comigo, não! Absolutamente!" A outra não entendeu e ele teve que ser mais explícito. Explicou, então, que, no escritório, o chefe tinha prioridade absoluta. E insistiu: "Primeiro, ele; depois, eu." A verdade é que Vadeco não precisava fazer esforço nenhum. O Aristides é que, com um tato e uma eficiência admiráveis, convencia as companheiras. Usava todos os argumentos, inclusive os de ordem prática: "Ele te aumenta o ordenado, sua boba!" De vez em quando, havia maior ou menor resistência. Foi, por exemplo, o que sucedeu com a nova telefonista, uma loura cinematográfica, que se notabilizava pelos vestidos colantes. Assim que a viu, Vadeco chamou o Aristides: "Mete uma conversa nessa cara!" O outro não discutiu: pendurou-se na mesa telefônica. O grande argumento da telefonista era este:

— Mas e o meu noivo?

Aristides foi rotundo.

— Teu noivo não precisa saber. Não saberá nunca!

E ela, no pavor de possíveis delações:

— É espeto! É espeto!

Acabou indo. Primeiro, houve o cinema; depois do cinema, um passeio delirante de automóvel. No dia seguinte, pela manhã, Aristides perguntava: "Que tal?" Vadeco bocejou:

— Serve.

A inconquistável

Até que, uma tarde, Vadeco dá de cara, no corredor, com uma menina desconhecida. Toda sua vida sentimental se fazia na base de variedade. Correu para o Aristides: "Quem é essa Fulana?" O outro foi dar uma volta e regressou com as informações:

— Dureza!

— Por quê?

— É noiva. E vai casar no mês que vem. Séria pra chuchu!

Vadeco foi lacônico:

— Vai lá e mete uma conversa.

E era assim Vadeco. Ele próprio admitia: "Tenho uma tara na vida: só gosto de mulher séria." Gostava das outras também; mas a sua paixão era a pequena difícil, a pequena quase inconquistável. Aristides voltou meia hora depois. Sentou-se, bufando, e admitiu:

— O negócio está duro. Eu te avisei; é séria. Só faltou me dar na cara.

Mas o filhinho de papai rico não aceitava impossibilidades. Quase esfrega o livro de cheques na cara do outro; esbravejou: "Sou rico, tenho dinheiro. E mulher quer é isso mesmo. Gaita." Aristides suspirou:

— Nem todas. Nem todas.

Angústia

Então, aquela funcionária se converteu na ideia fixa de Vadeco. Aristides quis distraí-lo com outras sugestões: "Fulana também é muito boa. E topa." Vadeco respondia: "Não interessa. Quero essa. Só essa. Ah, menino! Eu beijava aqueles peitinhos!" Agarrou Aristides pela gola do casaco e o sacudiu:

— Ou tu me arranjas essa "zinha" ou estás sujo comigo!

Aristides voltou à carga. E encontrou a mesma resistência ou, por outra, uma resistência mais exasperada. A menina, que se chamava Arlete, gostava do noivo, era louca por ele. Aristides procurava tentá-la: "É um alto negócio pra si, sua frouxa!" A menina acabou explodindo: "Não sou o que você pensa. Ora veja!" E Aristides, com medo de barulho, de escândalo, escapuliu. Nessa tarde, Vadeco foi de uma grosseria tremenda: "Você é uma zebra!" Concluiu, dizendo:

— Eu mesmo vou liquidar esse assunto!

Era, porém, outro homem. Sua alegre, sua esportiva irresponsabilidade fundia-se numa angústia de todos os minutos, de todas as horas. Dir-se-ia que só havia no mundo uma mulher e que esta mulher era Arlete. Esperou ainda dois dias. Findo este prazo, nomeou a menina sua secretária. Avisara Aristides: "Vou entrar de sola." E, com efeito, não teve maiores cerimônias. Começou com uma pergunta, aparentemente inofensiva: "Você ganha aqui quanto?" Um pouco surpresa, ou contrafeita, Arlete respondeu:

— Dois mil cruzeiros.

— É uma miséria! Uma vergonha!

E foi só por esse dia. Mas, de noite, em casa, Vadeco não conseguiu dormir. Aristides, que o levara em casa, lembrou-lhe: "Não te disse. É batata." Vadeco, do fundo de sua angústia, teve o desabafo feroz:

— O dinheiro compra tudo!

A transação

No dia seguinte, entrou no escritório com uma garrafa de uísque debaixo do braço. Pouco depois, o contínuo trazia o copo e, então, no seu desespero contido, começou a beber. O álcool o tornava cruel e cínico. Fez, de repente, a pergunta:

— Você é séria?

Arlete, que procurava no arquivo de aço uma ficha qualquer, virou-se, espantada. Não ouvira direito: "Como?" Repetiu. E ela, sem desfitá-lo, respondeu: "Sou." Ergueu-se, aproximou-se:

— Tem certeza?

— Absoluta.

Durante alguns instantes, olharam-se apenas. Ele voltou para a secretária, sentou-se na cadeira giratória. Arlete parara o serviço e não perdia nenhum de seus gestos. Foi então que Vadeco, com a voz estrangulada, disse:

— Queres ganhar cem mil cruzeiros?

A princípio, Arlete entendeu "cem cruzeiros". Teve que repetir:

— Cem mil cruzeiros. Cem contos! Queres?

Encostara-se no arquivo de aço, como se lhe faltassem forças. E duvidava ainda: "Cem contos?" Mas já não estava mais segura de si mesma. Quis saber: "A troco de quê?" Vadeco estava, de novo, a seu lado; implorava:

— Basta que passes, comigo, uma hora, no meu apartamento. Só uma hora. Cem contos por uma hora!

E, ali mesmo, diante da menina atônita, preencheu o cheque e o passou a Arlete. Num breve deslumbramento, a moça lia: "Pague-se ao portador ou à sua ordem..." Reagiu, desesperada, gritando:

— Mas eu sou noiva! Não percebe que eu sou noiva? Que vou casar no mês que vem?

Tiritando, como se uma maleita o devorasse, disse-lhe que a esperava, no dia seguinte, às dez horas, no apartamento. Escreveu o endereço num papel, que entregou à garota.

— Cem contos por uma hora. Só por uma hora e nunca mais. Voltarás com este cheque. Cem contos, ouviste? Cem contos! — E parecia possesso.

O cheque

Quando o Aristides soube, tomou um choque: "Cem contos? Você está maluco, completamente maluco!" Fora de si, Vadeco repetia a pergunta: "Será que ela vai?" O outro fez a blague desesperada: "Por cem contos, até eu!" E o fato é que, na sua febre, Vadeco estaria disposto até a dobrar a quantia. Queria vê-la nuazinha, em pelo.

Mas no dia seguinte, pela manhã, Arlete, que não dormira, levantou-se, transfigurada. Jamais uma mulher se vestiu com tanta minúcia e deleite. Escolheu sua calcinha mais linda e transparente. Ela própria, diante do espelho, sentiu-se bonita demais, bonita de uma maneira quase imoral. Aristides marcara uma hora matinal, de propósito, para evitar suspeitas. E foi assim, bem cedinho, que ela tocou a campainha do apartamento, em Copacabana. Antes que Vadeco, maravilhado, a tocasse, Arlete fez a exigência mercenária:

— O cheque!

O rapaz apanhou o talão na carteira e entregou. Arlete leu, ainda uma vez, verificou a importância, assinatura, data etc. E, súbito, numa raiva, minuciosa, rasgou o cheque em mil pedacinhos. Vadeco ainda balbuciou: "Que é isso? Não faça isso!" Ela o emudeceu, atirando os fragmentos no seu rosto, como confete. Petrificado, ele a teria deixado ir, sem um gesto, sem uma palavra. Ela, porém, na sua raiva de mulher, esbofeteava-o, ainda. Depois, apanhou, entre as suas mãos, o rosto do rapaz, e o beijou na boca, com fúria.

O pediatra

Saiu do telefone e anunciou para todo o escritório:

— Topou! Topou!

Foi envolvido, cercado por três ou quatro companheiros. O Meireles cutuca:

— Batata?

Menezes abre o colarinho: "Batatíssima!" Outro insiste:

— Vale? Justifica?

Fez um escândalo:

— Se vale? Se justifica? Ó rapaz! É a melhor mulher do Rio de Janeiro! Casada e te digo mais: séria pra chuchu!

Alguém insinuou: "Séria e trai o marido?" Então, o Menezes improvisou um comício, em defesa da bem-amada:

— Rapaz! Gosta de mim, entende? De mais a mais, escuta: o marido é uma fera! O marido é uma besta!

Ao lado, o Meireles, impressionado, rosna:

— Você dá sorte com mulher! Como você nunca vi! — E repetia, ralado de inveja: — Você tem uma estrela miserável!

O amor imortal

Há três ou quatro semanas que o Menezes falava num novo amor imortal. Contava para os companheiros embasbacados: "Mulher de um pediatra, mas olha, um colosso!" Queriam saber: "Topa ou não topa?" Esfregava as mãos, radiante:

— Estou dando em cima, salivando. Está indo.

Todas as manhãs, quando o Menezes pisava no escritório, os companheiros o recebiam com a pergunta: "E a cara?" Tirando o paletó, feliz da vida, respondia:

— Está quase. Ontem, falamos no telefone quatro horas!

Os colegas pasmavam para esse desperdício: "Isso não é mais cantada, é ...*E o vento levou*." Meireles sustentava o princípio que nem a Ava Gardner, nem a Cleópatra justificam quatro horas de telefone. Menezes protestava:

— Essa vale! Vale, sim, senhor! Perfeitamente, vale! E, além disso, nunca fez isso! É de uma fidelidade mórbida! Compreendeu? Doentia!

E ele, que tinha filhos naturais em vários bairros do Rio de Janeiro, abandonara todos os outros casos e dava plena e total exclusividade à esposa do pediatra. Abria o coração no escritório:

— Sempre tive a tara da mulher séria! Só acho graça em mulher séria!

Finalmente, após 45 dias de telefonemas desvairados, eis que a moça capitula. Toda a firma exulta. E o Menezes, passando o lenço no suor da testa, admitia: "Custou, puxa vida! Nunca uma mulher me resistiu tanto!" E, súbito, bate na testa:

— É mesmo! Está faltando um detalhe! O apartamento! — Agarra o Meireles pelo braço: — Tu emprestas o teu?

O outro tem um repelão pânico:

— Você é besta! Rapaz, minha mãe mora lá! Sossega o periquito!

Mas o Menezes era teimoso; argumenta:

— Escuta, escuta! Deixa eu falar. A moça é séria. Séria pra burro. Nunca vi tanta virtude na minha vida. E eu não posso levar para uma baiuca. Tem que ser, olha: apartamento residencial e familiar. É um favor de mãe pra filho caçula.

O outro reagia: "E minha mãe? Mora lá, rapaz!" Durante umas duas horas, pediu por tudo:

— Só essa vez. Faz o seguinte: manda a tua mãe dar uma volta. Eu passo lá, duas horas no máximo!

Tanto insistiu que, finalmente, o amigo bufa:

— Vá lá! Mas escuta: pela primeira e última vez!

Aperta a mão do companheiro:

— És uma mãe!

Decisão

Pouco depois, Menezes ligava para o ser amado:

— Arranjei um apartamento genial.

Do outro lado, aflita, ela queria saber tudinho: "Mas é como, hein?" Febril de desejo, deu todas as explicações: "Um edifício residencial, na rua Voluntários. Inclusive, mora lá a mãe de um amigo. Do apartamento, ouve-se a algazarra das crianças." Ela, que se chamava Ieda, suspira:

— Tenho medo! Tenho medo!

Ficou tudo combinado para o dia seguinte, às quatro da tarde. No escritório, perguntaram:

— E o pediatra?

Menezes chegou a tomar um susto. De tanto desejar a mulher, esquecera completamente o marido. E havia qualquer coisa de pungente, de tocante, na especialidade do traído, do enganado. Fosse médico de nariz e garganta, ou simplesmente de clínica geral, ou tisiólogo, vá lá. Mas pediatra! O próprio Menezes pensava: "Enquanto o desgraçado trata de criancinhas, é passado pra trás!" E, por um momento, ele teve remorso de fazer aquele papel com um pediatra. Na manhã seguinte, com a conivência de todo o escritório, não foi ao trabalho. Os colegas fizeram apenas uma exigência: que ele contasse tudo, todas as reações da moça. Ele queria se concentrar para a tarde de amor. Tomou, como diria mais tarde, textualmente, "um banho de Cleópatra". A mãe, que era uma santa, emprestou-lhe o perfume. Cerca do meio-dia, já pronto e de branco, cheiroso como um bebê, liga para o Meireles:

— Como é? Combinaste tudo com a velha?

— Combinei. Mamãe vai passar a tarde em Realengo.

Menezes trata de almoçar. "Preciso me alimentar bem", era o que pensava. Comeu e reforçou o almoço com uma gemada. Antes de sair de casa, ligou para Ieda:

— Meu amor, escuta. Vou pra lá.

E ela:

— Já?

Explica:

— Tenho que chegar primeiro. E olha: vou deixar a porta apenas encostada. Você chega e empurra. Não precisa bater. Basta empurrar.

Geme: "Estou nervosíssima!"

E ele, com o coração aos pinotes:

— Um beijo bem molhado nessa boquinha.

— Pra ti também.

Espanto

Às três e meia, ele estava no apartamento, fumando um cigarro atrás do outro. Às quatro, estava junto à porta, esperando. Ieda só apareceu às quatro e meia. Ela põe a bolsa em cima da mesa e vai explicando:

— Demorei porque meu marido se atrasou.

Menezes não entende: "Teu marido?" E ela:

— Ele veio me trazer e se atrasou. Meu filho, vamos, que eu não posso ficar mais de meia hora. Meu marido está lá embaixo, esperando.

Assombrado, puxa a pequena: "Escuta aqui. Teu marido? Que negócio é esse? Está lá embaixo! Diz pra mim: teu marido sabe?" Ela começou:

— Desabotoa aqui nas costas. Meu marido sabe, sim. Desabotoa. Sabe, claro.

Desatinado, apertava a cabeça entre as mãos: "Não é possível! Não pode ser! Ou é piada tua?" Já impaciente, Ieda teve de levá-lo até a janela. Ele olha e vê, embaixo, obeso e careca, o pediatra; desesperado, Menezes gagueja: "Quer dizer que..." E continua: "Olha aqui, acho melhor a gente desistir. Melhor, entende? Não convém. Assim não quero."

Então, aquela moça bonita, de seio farto, estende a mão:

— Dois mil cruzeiros. É quanto cobra o meu marido. Meu marido é quem trata dos preços. Dois mil cruzeiros.

Menezes desatou a chorar.

O único beijo

No terceiro ou quarto dia de namoro, perguntou à namorada:

— Quem é aquela pequena?

— Qual delas?

E ele:

— Aquela que estava contigo, ontem, na janela, quando eu passei e dei adeus para ti.

Pareceu incerta:

— Loura?

— Loura.

Riu:

— Minha mãe.

— O quê?!

Mag teve que repetir que era sua mãe, sim. Norberto caiu das nuvens:

— Não pode ser! Não é possível! Tua mãe como? Onde? Se é um verdadeiro brotinho!

Divertida e, no fundo, lisonjeada, orgulhosa da mãe juvenil e linda, confirmou:

— Pois é, pois é!

Norberto bufou:

— Estou com a minha cara no chão! Besta!

Deslumbramento

Quando chegou em casa, ainda conservava a impressão profunda. Convocou a mãe e as irmãs:

— Vocês não sabem da maior!

Ele, tirando o paletó e colocando-o na cadeira, começou:

— Imaginem vocês que, ontem, eu vi, pela primeira vez, a mãe da minha pequena.

— Que tal?

Arregaçando as mangas, explodiu:

— Um espetáculo! Parece a irmã mais nova da minha namorada! No duro que parece!

Riram na sala. Jaci, a irmã mais nova, estava pondo verniz nas unhas. Mexeu com Norberto:

— Abre o olho!

— Por quê?

E ela, muito petulante:

— Você acaba se apaixonando pela sua sogra.

Saltou:

— Para com esses palpites, essas piadas, sim?

O fenômeno

No seguinte encontro com Mag, quis saber de tudo: "Como é tua mãe? Que idade tem?" Mag, que a adorava, deu todas as informações. Começou assim: "Mamãe é um doce."

Norberto soube, então, que não era o único a espantar-se. Todo mundo pasmava para essa bonita senhora que, aos 35 anos, parecia uma adolescente. Quando as duas apareciam juntas, não se sabia qual era a mãe, qual era a filha. Fazia-se o comentário trivial e admirativo:

— Parecem irmãs!

Chamava-se Senhorinha, d. Senhorinha. Enviuvara cedo, com vinte anos. Foi assediada por novos e antigos pretendentes. Grave e triste, suspirava: "Nunca mais! Nunca mais!" E concluía: "Nada mais me interessa! Vou viver pra minha filha!" Amara o marido com a violência de um primeiro e último amor. Parecia-lhe que um novo casamento seria um adultério contra o morto. Até aquela data, não se lhe conhecia um flerte, um sorriso, um olhar, um gesto, que desse margem a suspeitas. Suas amigas, suas conhecidas, eram obrigadas a admitir:

— Séria até debaixo d'água!

E o próprio Norberto, quando foi apresentado à futura sogra, desabafou, em voz baixa, para Mag:

— Tua mãe é um fenômeno de circo!

Passaram a ser vistos juntos, sempre, nos teatros, nos cinemas, nas sorveterias. Mag confessava:

— Não sei fazer nada sem mamãe. Sem mamãe, não acho graça em nada.

Norberto pigarreia, lembrando:

— E quando a gente se casar?

Pareceu desconcertada. Súbito, tem a ideia:

— Mamãe mora com a gente, pronto! Não é uma solução genial? Você não acha?

Atrapalhou-se:

— Pois não! Claro! Evidente!

Mas quando foi dizer em casa, houve um certo mal-estar. A mãe tomou a palavra: "Não acho golpe!" Admirou-se: "Por que, mamãe?" A velha foi clara:

— Tua sogra é bonita, meu filho, bonita demais!

Alguém completou:

— Mais bonita que a filha!

Atônito, o rapaz ergueu-se. Perguntou: "Mas, afinal, vocês estão insinuando o quê?" Exaltou-se:

— Quem vê diz que eu sou algum tarado, ora bolas! Acho uma graça!...

Novo suspiro materno:

— Meu filho, tenho visto coisas do arco-da-velha. Acho que você não deve ter muita intimidade com sua sogra. É minha opinião!

Presságio

Pouco antes do noivado, um engraçadinho arriscou o seguinte veneno: "Tua sogra é duzentas vezes melhor que a filha!" Teve que reagir com violência: "Não admito essas piadas!"

Mas era feliz. Mag apaixonara-se por ele e de tal forma, com um fanatismo absoluto, que a própria d. Senhorinha ralhava:

— Assim já é demais!

Mag replicava:

— Ora, mamãe! A senhora também não gostou assim de papai, não foi a mesma coisa?

Confessou:

— Foi.

E, de fato, eram de uma família em que as viúvas não se casavam mais, nunca mais. No fundo, d. Senhorinha gostava de ter amado uma vez só e para sempre. No dia em que ficou oficialmente noiva, Mag chamou a mãe. Angustiada, diz: "Mamãe, a senhora sabe que eu estou com um pressentimento? Um mau pressentimento?" D. Senhorinha admirou-se:

— Mas por quê? Que bobagem, minha filha!

A pequena, dominada pelo presságio, teve um desespero maior:

— Se Norberto algum dia me abandonar, mamãe, eu me mato! Juro que me mato!

Pôs-se a chorar. A mãe pousou a mão na sua cabeça: "Não te abandonará, nunca, meu coração, nunca!"

O drama

De repente, d. Senhorinha começou a evitar a companhia dos noivos: "Hoje, eu não vou. Não estou me sentindo bem." Isso aconteceu uma vez, duas, três e, por fim, sempre. Iam ao cinema, ao teatro sozinhos. Uma tarde, Mag estranha: "Você mudou, meu anjo!" Ele pigarreou:

— Eu?

E ela, doce e triste:

— Você boceja tanto quando está comigo! Eu te dou sono, dou?

Recorreu à primeira desculpa: "Estômago, minha filha, estômago!" Uns dois dias depois d. Senhorinha o procura no escritório. Surpreso, ele a leva para o corredor.

A sogra começa: "Mag se queixa que você mudou e..." Para. Olham-se. Norberto ia mentir, ia dizer que não, que em absoluto. Súbito, a verdade rompe das profundezas do seu ser, como uma golfada:

— Mudei, sim. Não posso me casar com sua filha, porque amo a senhora!

D. Senhorinha encostou-se à parede; balbuciou: "Está maluco? Está louco?"

No seu desvario, trincando as palavras nos dentes, repetia: "Te amo! Te amo! Te amo!" Quis agarrá-la. Ela, porém, num movimento ágil desprendeu-se, fugindo pelo corredor. Nessa noite, quando chegou em casa, reduzido a um trapo, ele diria à mãe:

— Deu-se a melódia, mamãe! Apaixonei-me pela minha sogra. E agora?

Amor

Na manhã seguinte, d. Senhorinha soluçava ao telefone: "Se você abandonar minha filha, ela morre!" Foi um exasperante diálogo de umas duas horas. Por fim, Norberto capitulou:

— Eu continuarei com a sua filha, mas quero um beijo seu. Basta um. Um beijo, e pronto.

Pausa. Veio a pergunta: "Só um?" E ele: "Só um." Ele propôs um lugar não sei onde, que d. Senhorinha não aceitou. Encontraram-se, pouco depois, no corredor do escritório onde ele trabalhava. Ela impôs: "Jura que não abandonarás nunca minha filha?" Jurou. E houve o beijo sem fim, desesperado, mortal.

Quando se desprendem, ela arqueja: "Eu nunca amei meu marido. Só amo a ti." E fugiu, novamente. Quase ao encerrar o expediente, vem a notícia: a sogra fora atropelada, morrera na rua, antes que a ambulância chegasse. Então, com clarividente instinto, ele compreendeu que d. Senhorinha se matara, no remorso daquele beijo.

Durante o velório, Norberto se conservou numa dessas dores lúcidas, tranquilas, enxutas. Mas quando a enterraram, ele não pôde mais. Atirou-se ao chão, mergulhou o rosto na terra ainda fofa, ainda fresca, e mordeu a terra com desesperado amor.

Delicado

Primeiro, o casal teve sete filhas! O pai, que se chamava Macário, coçava a cabeça, numa exclamação única e consternada:

— Papagaio!

Era um santo e obstinado homem. Sua utopia de namorado fora um simples e exíguo casal de filhos, um de cada sexo. Veio a primeira menina, mais outra, uma terceira, uma quarta e outro qualquer teria desistido, considerado que a vida encareceu muito. Mas seu Macário incluía entre seus defeitos o de ser teimoso. Na quinta filha, pessoas sensatas aconselharam: "Entrega os pontos, que é mais negócio!" Seu Macário respirou fundo:

— Não, nunca! Nunca! Eu não sossego enquanto não tiver um filho homem!

Por sorte, casara-se com uma mulher, d. Flávia, que era, acima de tudo, mãe. Sua gravidez transcorria docemente, sem enjoos, desejos, tranquila, quase eufórica. Quanto ao parto propriamente, era outro fenômeno estranhíssimo. Punha os filhos no mundo sem um gemido, sem uma careta. O marido sofria mais. Digo "sofria mais" porque o acometia, nessas ocasiões, uma dor de dente apocalíptica, de origem emocional. O caso dava o que pensar, pois Macário tinha na boca uma chapa dupla. Quando nasceu a sétima filha, o marido arrancou de si um suspiro em profundidade; e anunciou:

— Minha mulher, agora nós vamos fazer a última tentativa!

Novo parto

No dia que d. Flávia ia ter o oitavo filho, os nervos de seu Macário estavam em pandarecos. Veio, chamada às pressas, a parteira, que era uma senhora de 130 quilos, baixinha e patusca. A parteira espiou-a com uma experiência de 1.700 partos e concluiu: "Não é pra já!" Ao que, mais do que depressa, replicou seu Macário:

— Meus dentes estão doendo!

E, de fato, o grande termômetro, em qualquer parto da esposa, era a sua dentadura. A parteira duvidou, mas, daí a cinco minutos, foi chamada outra vez. Houve um incidente de última hora. É que a digna profissional já não sabia onde estava a luva. Procura daqui, dali, e não acha. Com uma tremenda dor de dentes postiços, seu Macário teve de passar-lhe um sabão:

— Pra que luvas, carambolas? Mania de luvas!

Eusebiozinho

Assim nasceu o Eusebiozinho, no parto mais indolor que se possa imaginar. Uma prima solteirona veio perguntar, sôfrega: "Levou algum ponto?" Ralharam:

— Sossega o periquito!

O fato é que seu Macário atingira, em cheio, o seu ideal de pai. Nascido o filho e passada a dor da chapa dupla, o homem gemeu: "Tenho um filho homem. Agora posso morrer!" E, de fato, 48 horas depois, estava almoçando, quando desaba com a cabeça no prato. Um derrame fulminante antes da sobremesa. Para d. Flávia foi um desgosto pavoroso. Chorou, bateu com a cabeça nas paredes, teve que ser subjugada. E, na realidade, só sossegava na hora de dar o peito. Então, assoava-se e dizia à pessoa mais próxima:

— Traz o Eusebiozinho que é hora de mamar!

Flor de rapaz

Eusebiozinho criou-se agarrado às saias da mãe, das irmãs, das tias, das vizinhas. Desde criança, só gostava de companhias femininas. Qualquer homem infundia-lhe terror. De resto, a mãe e as irmãs o segregavam dos outros meninos. Recomendavam: "Brinca só com meninas, ouviu? Menino diz nomes feios!" O fato é que, num lar que era uma bastilha de mulheres, ele atingiu os 16 anos sem ter jamais proferido um nome feio, ou tentado um cigarro. Não se podia desejar maior doçura de modos, ideias, sentimentos. Era adorado em casa, inclusive pelas criadas. As irmãs não se casavam, porque deveres matrimoniais viriam afastá-las do rapaz. E tudo continuaria assim, no melhor dos mundos se, de repente, não acontecesse um imprevisto. Um tio do rapaz vem visitar a família e pergunta:

— Você tem namorada?

— Não.
— Nem teve?
— Nem tive.

Foi o bastante. O velho quase pôs a casa abaixo. Assombrou aquelas mulheres transidas com os vaticínios mais funestos: "Vocês estão querendo ver a caveira do rapaz?" Virou-se para d. Flávia:

— Isso é um crime, ouviu?, é um crime o que vocês estão fazendo com esse rapaz! Vem cá, Eusébio, vem cá!

Implacável, submeteu o sobrinho a uma exibição. Apontava:

— Isso é jeito de homem, é? Esse rapaz tem que casar, rápido!

Problema matrimonial

Quando o tio despediu-se, o pânico estava espalhado na família. Mãe e filhas se entreolharam: "É mesmo, é mesmo! Nós temos sido muito egoístas! Nós não pensamos no Eusebiozinho!" Quanto ao rapaz, tremia num canto. Ressentido ainda com a franqueza bestial do tio, bufou:

— Está muito bem assim!

A verdade é que já o apavorava a perspectiva de qualquer mudança numa vida tão doce. Mas a mãe chorou, replicou: "Não, meu filho. Seu tio tem razão. Você precisa casar, sim." Atônito, Eusebiozinho olha em torno. Mas não encontrou apoio. Então, espavorido, ele pergunta:

— Casar pra quê? Por quê? E vocês? — Interpela as irmãs: — Por que vocês não se casaram?

A resposta foi vaga, insatisfatória:

— Mulher é outra coisa. Diferente.

A namorada

Houve, então, uma conspiração quase internacional de mulheres. Mãe, irmãs, tias, vizinhas desandaram a procurar uma namorada para o Eusebiozinho. Entre várias pequenas possíveis, acabaram descobrindo uma. E o patético é que o principal interessado não foi ouvido, nem cheirado. Um belo dia, é apresentado a Iracema. Uma menina de 17 anos, mas que tinha umas cadeiras de mulher casada. Cheia de corpo, um olhar rutilante, lábios grossos, ela produziu, inicialmente, uma sensação de terror no rapaz. Tinha uns modos desenvoltos que o esmagavam.

E começou o idílio mais estranho de que há memória. Numa sala ampla da Tijuca, os dois namoravam. Mas jamais os dois ficaram sozinhos. De dez a 15 mulheres formavam a seleta e ávida assistência do romance. Eusebiozinho, estatelado numa inibição mortal e materialmente incapaz de segurar na mão de Iracema. Esta, por sua vez, era outra constrangida. Quem deu remédio à situação, ainda uma vez, foi o inconveniente e destemperado tio. Viu o pessoal feminino controlando o namoro. Explodiu:

"Vocês acham que alguém pode namorar com uma assistência de Fla-Flu? Vamos deixar os dois sozinhos, ora bolas!" Ocorreu, então, o seguinte: sozinha com o namorado, Iracema atirou-lhe um beijo no pescoço. O desgraçado crispou-se, eletrizado:

— Não faz assim que eu sinto cócegas!

O vestido de noiva

Começaram os preparativos para o casamento. Um dia, Iracema apareceu, frenética, desfraldando uma revista. Descobrira uma coisa espetacular e quase esfregou aquilo na cara do Eusebiozinho: "Não é bacana esse modelo?" A reação do rapaz foi surpreendente.

Se Iracema gostara do figurino, ele muito mais. Tomou-se de fanatismo pela gravura:

— Que beleza, meu Deus! Que maravilha!

Houve, aliás, unanimidade feroz. Todos aprovaram o modelo que fascinava Iracema. Então, a mãe e as irmãs do rapaz resolveram dar aquele vestido à pequena. E mais, resolveram elas mesmas confeccionar. Compraram metros e metros de fazenda. Com um encanto, um *élan* tremendo, começaram a fazer o vestido. Cada qual se dedicava à sua tarefa como se cosesse para si mesma. Ninguém ali, no entanto, parecia tão interessado quanto Eusebiozinho. Sentava-se, ao lado da mãe e das irmãs, num deslumbramento: "Mas como é bonito! Como é lindo!" E seu enlevo era tanto que uma vizinha, muito sem cerimônia, brincou:

— Parece até que é Eusebiozinho que vai vestir esse negócio!

O ladrão

Uns quatro dias antes do casamento, o vestido estava pronto. Meditativo, Eusebiozinho suspirava: "A coisa mais bonita do mundo é uma noiva!" Muito bem. Passa-se mais um dia. E, súbito, há naquela casa o alarme: "Desapareceu o vestido da noiva!" Foi um tumulto de mulheres. Puseram a casa de pernas para o ar, e nada. Era óbvia a conclusão: alguém roubou! E como faltavam poucos dias para o casamento sugeriram à desesperada Iracema: "O golpe é casar sem vestido de noiva!" Para quê? Ela se insultou:

— Casar sem vestido de noiva, uma pinoia! Pois sim!

Chamaram até a polícia. O mistério era a verdade, alucinante: quem poderia ter interesse num vestido de noiva? Todas as investigações resultaram inúteis. E só descobriram o ladrão quando dois dias depois, pela manhã, d. Flávia acorda e dá com aquele vulto branco, suspenso no corredor. Vestido de noiva, com véu e grinalda — enforcara-se Eusebiozinho, deixando o seguinte e doloroso bilhete: "Quero ser enterrado assim."

A esbofeteada

Virou-se para as coleguinhas:

— Como meu namorado, eu confesso francamente: nunca vi! Tem um gênio! Que gênio!

Indagaram:

— Feroz?

E Ismênia:

— Se é feroz? Puxa! Precisa uns dez para segurar! — Olha para os lados e baixa a voz: — Vocês sabem o que é que ele fez comigo? Não sabem?

— Conta! Ah, conta!

Ismênia não queria outra coisa. Cercada de amigas interessadíssimas, resumiu o episódio:

— Foi o seguinte: ele cismou que eu tinha dado pelota para o Nemésio. E não conversou: me sentou a mão, direitinho!

— E tu?

Ergueu o rosto, feliz, envaidecida da bofetada:

— Eu vi estrelas!

Houve um silêncio e, ao mesmo tempo, um arrepio intenso naquelas meninas. Pareciam ter despeito, inveja, da agressão que a outra sofrera. Ismênia piscou o olho:

— Eu gosto de homem, homem. Escreveu, não leu, o pau comeu. Senão, não tem graça. Sou assim.

O violento

Chamava-se Sinval, o namorado de Ismênia. À primeira vista, causava até má impressão. Faltava-lhe a base física da coragem. Era baixo, mirrado, um peito fundo de tísico, braços finos e mãos pequenas, de unhas tratadas. Custava a crer que esse fraco fosse um violento. Todavia, estava lá o testemunho de Ismênia, que, batendo no peito, repetia: "Eu apanhei! Eu!" Acontece que entre as colegas presentes estava Silene, amiga e confidente de Ismênia. E Silene foi justamente a que se impressionou mais com o episódio. Conhecia vagamente Sinval e a sensação que ficara, de sua figura, foi a de um rapaz como há milhares, como há talvez milhões. De repente sabe que esse cavalheiro, de aparência tão insignificante, bate em mulheres. Sem dizer nada a ninguém, experimenta uma crispação de asco e deslumbramento. Mais tarde, em casa, com a mãe e as irmãs, diz o seguinte:

— Eu acho que, se um homem me esbofeteasse, eu dava-lhe um tiro na boca!

A doce pequena

Mentira. Não daria tiro na boca de ninguém. Impossível desejar-se uma alma mais doce, terna e tão incapaz de violência, de maldade. Mesmo sua exaltação fazia pensar na cólera de um passarinho. Durante três dias, não pensou noutra coisa. E pasmava que Ismênia se vangloriasse da bofetada, como se de uma medalha, uma condecoração. No quarto dia, não resiste. Apanha o telefone e liga para o emprego do Sinval. Queria apenas passar um trote, e nada mais. Do outro lado da linha, porém, Sinval, caricioso, mas irredutível, exigia:

— Se não disser o nome, eu desligo.

Ia recuar. Mas deu, nela, uma coragem súbita. Identificou-se: "Sou eu, Silene." Arrependeu-se imediatamente depois de ter dito. Tarde, porém. E já Sinval, transfigurado, exclamava:

— Silene? Não é possível, não pode ser!

— Sou, sim.

E ele:

— Então houve transmissão de pensamento! No duro que houve! Imagine que eu estava pensando em você, neste minuto! Agora mesmo!

Foi por aí além. Transpirando de sinceridade, contou que gostava dela em silêncio, há muito tempo. Com o coração disparado, a pequena indaga: "E Ismênia?" Foi quase brutal:

— Ismênia é uma brincadeira, um passatempo, nada mais. Você, não. Você é outra coisa. Diferente!

Espantada com essa veemência, Silene quis duvidar. Então, emocionado, ele dramatiza:

— Te juro, pela minha mãe, que é a coisa que mais prezo na vida. Te juro que é pura verdade!

Drama

Silene despediu-se, afinal, com as pernas bambas. O simples fato de ter ligado já a envergonhara como uma deslealdade. Afinal, era amiga de Ismênia e... Pior do que tudo, porém, fora identificar-se. Durante o resto do dia, não fez outra coisa senão perguntar, de si para si: "E agora, meu Deus?" No telefone, aceitara o convite de Sinval para um encontro no dia seguinte. Mas o sentimento de culpa não a largou, senão no momento em que decidiu: "Não vou, pronto. Não vou e está acabado." Mas foi. No dia seguinte, pontualmente, estava no local combinado, transida de vergonha. Sinval, num interesse evidente, profundo, foi ainda mais decisivo do que na véspera. Disse coisas deslumbrantes, inclusive, textualmente, o seguinte:

— Te vi, no máximo, umas oito vezes, dez, talvez. Falei contigo pouquíssimo. Mas, assim ou assado, o fato é que te amo, te amo e te amo!

Apaixonada

Ela acreditou. E acreditou porque se passara o mesmo com seu coração. Apaixonara-se, de uma dessas paixões definitivas, reais e mortais. Continuou a encontrar-se com o ser amado, às escondidas. Só não era mais feliz porque pensava na outra. De noite, no quarto, especulava: "No dia em que Ismênia souber..."

Chegou esse dia. E foi, entre as duas, uma cena desagradabilíssima. Sem papas na língua, Ismênia disse-lhe as últimas: "Tu és mais falsa do que Judas!" Branca, o lábio inferior tremendo, Silene sentia-se incapaz de uma reação. A outra terminou, numa espécie de maldição:

— Hás de apanhar muito nessa cara!

Ciúmes

O incidente foi lamentável por um lado e bom por outro. Lamentável, pelo escândalo, pelo constrangimento. Bom, porque esclareceu de vez a situação. Excluída Ismênia, oficializou-se o romance. Os dois puderam exibir, ostentar, em toda a parte, o imenso carinho em que se consumiam. Começaram a frequentar festas. E, então, surpresa e vagamente inquieta, Silene descobriu o seguinte: Sinval não se incomodava que ela dançasse com todo mundo. Estranhou e passou a interpelar o namorado:

— Você não tem ciúmes de mim?

— Não.

Admirou-se:

— Por quê?

E ele:

— Porque te amo.

Devia dar-se por satisfeita. E, no entanto, sua reação foi outra: estava descontente. Dias depois, suspira: "Eu preferia que tivesses ciúmes de mim." Sinval achou graça: "Ué!" Ela, sentindo-se irremediavelmente infantil, repete o que já ouvira, não sei onde: "Sem ciúmes, não há amor!" O rapaz passou-lhe um sermão: "Parece criança!" Até que, certa vez, a garota resolve ir mais longe. Pergunta ousadamente: "E se eu te traísse? Tu farias o quê?"

Respondeu, sóbrio:

— Te perdoaria.

— E se eu voltasse a trair?

Foi absoluto:

— Se continuasses traindo, eu continuaria perdoando.

Desfecho

Mas este diálogo, imprudente, perturbador, deveria marcá-la, e muito. A partir de então, foi outra alma, outra mulher. Era uma menina de modos suaves e bonitos. E, subitamente, passou a chamar a atenção de todo mundo, com atitudes desagradáveis, de escândalo. Nas festas, dançava com o rosto colado; e houve um baile em que bebeu tanto que teve que ser carregada, em estado de coma. Por outro lado, torturava o pobre Sinval, desacatando-o na frente de todo mundo. Ele, serenamente, com uma mesura à Luís XV, submetia-se às piores desconsiderações, incapaz de um revide. Até que, numa festa, ela se cansou desse inofensivo. Na sua cólera, humilhou-o:

— Você não é homem! Se fosse homem, eu não faria de você gato e sapato!

Ela bebera, outra vez, além da conta. Talvez por isso ou por outro motivo qualquer, Sinval limitou-se a sugerir: "Vamos, meu anjo?" Mas em casa, sozinha, ela imergia numa ardente meditação. Uma noite, vão a uma outra festa. E lá Silene superou todas as leviandades anteriores. Quase à meia-noite, de braço com o par acidental, vai para o jardim. Sinval espera vinte minutos, meia hora, uma hora. E não se contém mais: vai procurá-la. O par, assim que o viu, pigarreou, levantou-se e desapareceu. Silene ergueu-se também. Com um meio sorriso maligno, anuncia: "Ele me beijou." Sinval não disse uma palavra: derruba a noiva com uma tremenda bofetada. Ela cai longe, com os lábios sangrando. Enquanto ele a contempla e espera, a pequena, de rastros, com a boca torcida, aproxima-se. Está a seus pés. E, súbito, abraça-se às suas pernas, soluçando:

— Esperei tanto por essa bofetada! Agora eu sei que tu me amas e agora eu sei que posso te amar!

Passou. Mas nos seus momentos de carinho, e quando estavam a sós, ela pedia, transfigurada: "Me bate, anda! Me bate!" Foram felicíssimos.

A futura sogra

O velho era um alto funcionário do Tesouro.

Quando o filho apareceu dizendo que queria casar, seu Daniel ergueu-se. Esfregando as mãos, fez uma série de considerações gerais, inclusive esta:

— Faz bem, meu filho. — E acrescenta em tom profundo: — É a lei da natureza, da qual não podemos fugir.

E, súbito, faz a pergunta:

— Que tal a mãe da tua pequena?

Admirou-se:

— Por que, papai?

E o velho:

— Meu filho, é o seguinte: eu aprendi que uma boa mãe resulta numa boa filha. Digamos que tua futura sogra seja uma esposa cem por cento fabulosa. Tua pequena também o será. Compreendeste? Batata, meu filho, batata.

Edgar atrapalha-se:

— Bem, papai. Que eu saiba, minha sogra é uma senhora seriíssima. Nunca vi, nem ouvi, nada de mais, nem de menos.

Seu Daniel pôs-lhe a mão no ombro:

— Se é assim, ótimo. Mas apura primeiro. E não te esqueças: num casamento, o importante não é a esposa, é a sogra. Uma esposa limita-se a repetir as qualidades e os defeitos da própria mãe.

O sogro

Edgar saiu dali sob uma impressão profunda. No ônibus lotado, segurando numa argola, vinha pensando: "Ora veja! Que teoria! Que mentalidade!" Sempre ouvira do pai, a propósito de tudo, e de qualquer assunto, as opiniões mais inesperadas e extravagantes. O velho passara na família por original ou, mais propriamente, por maluco. Ao descer do ônibus, rumo à casa da namorada, quase noiva, resumiu: "Papai é um número: uma bola." Todavia, ao apertar, pouco depois, a mão da futura sogra, olhou-a com uma curiosidade nova. D. Mercedes, de origem espanhola, era uma senhora de quarenta anos, conservada, bem-feita de corpo e com um olhar de uma doçura muito viva. Durante todo o tempo que permaneceu lá, Edgar pergunta de si para si mesmo, numa obsessão: "Será que ela traiu?" Procurava com os olhos o sogro, que ele achava, textualmente, um "grande praça". Chamava-se Wilson e era um velho barrigudo e divertido, mas duma grande saúde interior. Coincidiu que, nessa noite, surgisse na casa uma discussão sobre fidelidade masculina. Uma garota da vizinhança, muito petulante, afirmava: "O homem fiel nasceu morto! Não acredito em homem fiel!" Então, seu Wilson gritou: "Protesto!" Todos os olhares se fixaram nele. O velho ergueu-se, patético:

— Juro, ouviu? Juro pela alma do meu filho que morreu que nunca traí minha mulher, nunca!

Dizia isso com os olhos rasos d'água.

Teoria

O filho a que seu Wilson se referia morrera tempos atrás, atropelado, com a idade de nove anos. Fora um golpe medonho para o velho. E, quando ele jurava pela criança morta, todos acreditavam piamente. No dia seguinte, Edgar passou na casa do pai para contar-lhe o episódio. Seu Daniel ouviu tudo atentamente. Quando o filho acaba, ele rosna: "Espeto, espeto!" Edgar toma um susto: "Ué!" Então, o velho explica:

— Digo espeto pelo seguinte: num casal, há fatalmente um infiel. Ou a mulher ou o marido. A existência de uma vítima é inevitável, percebeste?

O filho pôs as mãos na cabeça:

— Tem dó, papai, tem dó! Pelo amor de Deus! Então, o senhor está insinuando o quê? Que é preciso trair para não ser traído?

E o velho:

— Exatamente. Isso pode não ter lógica, mas infelizmente é a verdade. E se teu sogro é o fiel da casa, não ponho a mão no fogo pela tua sogra. Repara que os maiores canalhas são amadíssimos.

Desta vez, o filho perdeu a paciência:

— Ora, papai, ora! Que espírito de porco o senhor tem! Isso é raciocínio que se apresente?

Seu Daniel suspirou:

— Se você não quer acreditar, paciência. Lavo as minhas mãos!

Os noivos

Passou. Dias depois, seu Daniel, sob a pressão do filho, ia à casa de Eduardina fazer o pedido oficial. Ficaram noivos. Ao voltar, mais tarde, Edgar, num entusiasmo delirante, pergunta ao pai:

— O senhor não acha que eu tive gosto, papai? A Eduardina não é uma pequena e tanto? Não é?

O velho coça a cabeça:

— Estou na dúvida, percebeste? Estou na dúvida. Pra te ser franco, não sei qual é melhor: se tua noiva, se tua sogra. Te juro que não sei! Páreo duríssimo entre as duas!

Surpreso e inquieto, Edgar quer saber: "Mas o senhor acha que há comparação?" Seu Daniel esfrega as mãos, numa satisfação gratuita e profunda:

— Acho. Vou te dar outro palpite indigesto, meu filho, um palpite que não vais gostar. É o seguinte: não te aproximes muito de tua sogra. Fica de longe. Tua sogra é um perigo, um autêntico abismo!

O filho esbugalha os olhos:

— Que ideia o senhor faz de mim, papai? O senhor pensa que eu não tenho sentimento de família? De honra? Dignidade?

Seu Daniel interrompe friamente:

— Eu penso, meu filho, que tu és um homem. E qualquer homem, diante de uma mulher como a tua sogra, pode dar com os burros n'água!

As cartas anônimas

Fosse como fosse, as palavras do seu Daniel produziram no filho um sentimento curioso, misto de fascinação e de nojo. Nem dormiu direito e, pela primeira vez, teve medo de que as sugestões do pai o contaminassem. Procurou evitá-lo, tanto mais que o velho sempre que o via piscava o olho e cutucava: "Como vai a tua sogra?" Nem respondia, com medo de explodir num desaforo pesado. Fazia, de si para si, uma reflexão que repugnava à sua natureza sentimental: "Acabo odiando o meu pai!"

Um dia, recebe em casa uma carta anônima, a primeira de sua vida. Lê, relê o papelzinho ignóbil. Lá dizia sumariamente: "Rapaz, desmancha teu noivado e dá em cima da tua sogra. Tua sogra é duzentas vezes melhor do que tua noiva." O tom ordinaríssimo, a sordidez infinita, tudo na carta o alucinava. Interessante é que, desde o primeiro momento, teve a certeza inapelável, definitiva, da identidade do remetente. Voou para o Tesouro, fora de si.

Com um ar de louco, exibe a carta infame. Pergunta, com a voz estrangulada: "Foi o senhor que escreveu isso? Responda, meu pai! Foi o senhor?" Falava surdamente para que as outras pessoas não ouvissem. Seu Daniel, pálido, não respondeu. Ele insiste: "Seja homem, meu pai! Foi o senhor?" Seu Daniel responde, afinal: "Fui." O filho arqueja: "Por quê?" O velho apanha um cigarro:

— Fiz isso em teu benefício. É a minha opinião, ouviste? Tua sogra só oferece vantagens. Tua noiva, não. Tua noiva pode ser a tua morte. E das duas uma: ou ela vai te trair ou já está traindo.

Edgar ergueu-se, quase chorando:

— Meu pai, guarde bem a palavra que eu vou lhe dizer: o senhor é um canalha, meu pai!

Final

Como consequência do incidente, saiu de casa, passou a viver num hotel. Não fez nenhum segredo do rompimento. Avisou à noiva, à sogra, ao sogro, a todo mundo: "Pra mim, meu pai está morto, enterrado! E nem admito que ele assista ao meu casamento!"

Pois bem. Uma tarde, está no emprego, quando o chamam no telefone. Era a sogra, espavorida: "Venha, já, já, aconteceu uma desgraça!" Dez minutos depois, ele chegava. Assim que o viu, a sogra, aos soluços, deu-lhe a notícia:

— A Eduardina fugiu! E com o teu pai! Fugiu com o teu pai!

Estava presente toda a família da garota. A primeira reação de Edgar foi uma espécie de vertigem. Suas pernas dobraram, sua vista ficou turva. Súbito, ele se recupera. Experimenta uma feroz e obtusa necessidade de vingança, de compensação. Arremessa-se como um tigre, um abutre, um javali, sobre a sogra. Agarra-a. Quer beijá-la na boca.

O sogro teve que lhe dar uma bengalada.

Sem caráter

No quarto ou no quinto encontro, apanhou a mão direita da pequena. Fez a pergunta:

— Que anel é este?

— Aliança.

— Você é noiva?

— Ué! Você não sabia?

— Te juro que não.

E ela:

— Pois sou. Noiva. Vou me casar em maio.

— No duro?

— Palavra de honra!

Então, na sua impressão profunda, Geraldo bufou:

— Estou besta! Com a minha cara no chão!

Conhecera a pequena numa saída de cinema, em fim de sessão. Sentindo-se olhado, animou-se. A pequena podia não ser nenhum deslumbramento. Era, porém, jeitosa de rosto e de corpo. Geraldo, hesitante, aventurou:

— Pode ser ou está difícil?

Dez minutos depois, conversavam, num banco de jardim. Jandira confessou: "Fiz fé com tua cara." E não mentia. Muito espontânea, instintiva, era uma mulher de primeiríssimas impressões. Marcaram um novo encontro para o dia seguinte. E Geraldo despediu-se feliz. Meio tímido, achava a mulher fácil a coisa mais doce do mundo. Jandira correspondia plenamente a este ideal de facilidade. Ele vira o anel na mão direita, é certo. Mas fizera seus cálculos: "Um anel qualquer." E passara por cima do detalhe. No quinto encontro, porém, a interpelara. Recebe a notícia. E, como duvidasse ainda, Jandira, com calma, abriu a bolsa e apanhou uma página de revista com o lindo retrato de noiva. Geraldo arregalou os olhos para a gravura. E Jandira explicou:

— Estás vendo?

— Estou.

— Esse é o figurino do meu vestido de noiva. Não é bonito?

Coçou a cabeça desconcertado:

— É.

Dobrou e enfiou na bolsa a página de revista. Erguia para ele o olhar muito sereno, quase doce. Por um momento, Geraldo não soube dizer nada. Acabou suspirando:

— Posso te fazer uma pergunta?

— Faz.

Pigarreou:

— Não te dói fazer isso com o teu noivo?

— Por quê?

— Responde.

Foi vaga:

— Meu noivo é muito sério! Sério demais!

O noivo

Nessa mesma noite, Geraldo quis desabafar com alguém. Pensou em vários amigos e acabou escolhendo o Antunes. Contou-lhe o caso, pediu conselhos. E dizia:

— Tu sabes como eu sou. Pra mim, a infidelidade é o fim do mundo. Eu não compreendo como uma mulher pode trair um homem!

O outro ouvia tudo, em silêncio e interessado. Fez a pergunta: "Acabaste?" Admitiu: "Já." Então, o Antunes inclinou-se, fincou os dois cotovelos na mesa:

— Deixa de ser burro, rapaz! Ou tu pensas que essa é a primeira mulher que passa um homem pra trás? Aproveita!

Inconformado, gemia:

— Mas eu acho uma sujeira abominável!

O outro explodiu:

— Não adianta! Isso é café pequeno, é canja! Ninguém liga pra isso! Mergulha de cara!

O romance

Com ou sem escrúpulos, Geraldo continuou o romance. Mas, sem querer, sem sentir, foi se deixando dominar pela obsessão do noivo. Nos encontros com a pequena, fazia do outro quase um assunto exclusivo. Indagava: "Conta como é teu noivo, conta!" Jandira fazia-lhe a vontade:

— Imagina que até hoje não me beijou na boca!
— Por quê?
— Sei lá!
— Ué!

E ela:

— Sabe qual é a mania dele? Deixa tudo para depois do casamento, inclusive o beijo.
— Gozado!
— Não é?

E como o assunto era um beijo, ela recostava a cabeça no seu ombro. Pedia:

— Dá um daqueles, dá!

Com uma espécie de raiva, de remorso, ele obedecia. E assim iam vivendo aquela história de amor. Um dia, porém, há a coincidência. Pela primeira vez a vê, com o noivo, num cinema. Parecia amorosa e feliz ao lado do outro. Geraldo ainda resistiu uns 15 a vinte minutos. Acabou não aguentando. Levantou-se, abandonou o cinema no meio do filme, indignado. Nessa noite não dormiu. Das 11 horas da noite até as sete horas da manhã fumou dois maços de cigarros. Subitamente compreendia, com uma dessas clarividências inapeláveis, que amava essa menina até onde um homem pode amar uma mulher. Apertando a cabeça entre as mãos, refletia: "Eu também sou traído. Ela me trai com o noivo!"

Dilema

Quando se encontraram à tarde, ele se enfureceu: "Ou ele ou eu!" Com o lábio trêmulo, perguntava: "Ou tu pensas que eu divido mulher com os outros? Em absoluto!" Surpresa e divertida, ela indaga:

— Quem é o noivo?
— Ele.
— Pois é. Como noivo, ele tem todos os direitos, ao passo que você não tem nenhum. Claro como água, meu anjo, claríssimo!

Fora de si, agarrou-a pelos braços: "Vamos acabar com isso. Ele é que é o noivo, quem vai casar contigo. E eu sou o carona. Não senhora! Não interessa!" Quase na hora de se despedirem, Geraldo propõe a solução:

— Vamos fazer o seguinte: você desmancha seu noivado.
— E depois?
— Bem. Depois você casa comigo, o.k.?

Custou a responder:
— O.k.

Dúvida

Parecia definida a situação. Todavia, no seguinte encontro, Jandira apareceu desesperada: "Desmanchar com o meu noivo pra quê? Não está tão bom assim?" Tentava convencê-lo: "Eu continuarei contigo, bobo!" Fez a pergunta sofrida: "Mesmo depois do casamento?" Admitiu: "Claro!" Por um instante ele ficou mudo, em suspenso. E, súbito, exalta-se:

— Assim eu não quero! Assim não interessa!
— Por quê?

E ele, quase chorando:

— Porque o noivo tem todas as vantagens, todas. E, no casamento, o marido é um paxá, um boa-vida. E o amante é um pobre-diabo, um infeliz, um palhaço! Eu não quero ser o amante, ouviste?

A pequena suspirou:

— Você é quem sabe!

Drama

A partir de então, sempre que se encontravam, perguntava, ávido: "Já acabaste?" Jandira respondia: "Não. Ainda não. Amanhã, sem falta." Mas este "amanhã" nunca chegava. Uma tarde, ele, mais violento, gritou. Ela, ressentida, endureceu o rosto: "Não vai dar certo. É melhor a gente acabar." Esbugalhou os olhos: "Não vai dar certo por quê?" E ela, baixo: "Porque eu quero os dois." Recuou, assombrado: "Os dois?" Confirmou, sem medo, acrescentando:

— Serve assim?

Com a boca torcida, Geraldo diz-lhe: "Olha, sabes o que tu merecias por este teu cinismo, sabes? Um tiro na boca! Cínica! Cínica!" Então, senhora de si, a moça apanhou a bolsa no jardim. Ergueu-se: "Paciência." Atônito, viu-a afastar-se. Mas não resistiu. Correu. Caminhando a seu lado, na alameda deserta, soluçou: "Serve assim! Serve!" Completou, arquejante:

— Mas eu quero ser o marido! Não quero ser o outro!

Um ano depois, casaram-se. No civil e no religioso, Geraldo viu, entre os presentes, o ex-noivo, num terno azul-marinho, de cerimônia.

Sacrilégio

No fim de 15 dias de namoro, ele veio com a ideia:
— Sabe de uma coisa? Preciso te apresentar à mamãe.
— Quando?
Ele pensou um pouco:
— Que tal amanhã?
— Ótimo!

Combinaram, então de pedra e cal, que seria no dia seguinte, de qualquer maneira. Desde que se conheciam e se namoravam que Márcio quase só falava na santa senhora. Era mamãe pra cá, mamãe pra lá. E afirmava mesmo, num desafio a qualquer outra opinião em contrário:

— A melhor mãe do mundo é a minha. Só vendo!

E de tanto ouvir falar na futura sogra, Osvaldina fazia a reflexão meio irritada: "Ora, bolas! Pensa que só a mãe dele presta e as outras não!" Fosse como fosse, preparou-se para conhecer uma senhora tão exaltada nas suas virtudes esplêndidas. Antes, Márcio, atarantado, fez-lhe 1.001 advertências: "Batom, não, meu anjo! Mamãe não gosta de pintura." E, já a caminho, ele teve outra lembrança: "Nada de gíria, porque mamãe não tolera gíria." Enfim, conheceram-se, a nora e a sogra. O filho precipitava-se, a todo momento:

— Não senta aí, não, mamãe. Faz golpe de ar!

As duas

Inicialmente, a velha, sem dizer uma palavra, e sem nenhuma cordialidade aparente, imobilizou a pequena com um desses olhares implacáveis, que parecem despir a pessoa, virá-la pelo avesso. Em seguida, em tom seco e inapelável de ordem, disse:

— Sente-se.

E, com o rosto impassível, inescrutável, foi fazendo perguntas sobre perguntas. Antes de mais nada, quis saber se Osvaldina era religiosa. A menina, presa de uma inibição mortal, admitiu:

— Acredito em Deus, mas não sou carola.

E a velha:

— Que bobagem é essa? Não é carola por quê? Pois devia ser carola!

Osvaldina, atônita, tinha vontade de se enfiar pelo chão adentro:

— Eu? — balbuciou.

— Claro, evidente! É alguma desonra ser carola? Diga? É? Ora veja!

Depois de duas horas de conversa, em que a futura sogra se serviu dela e a desfrutou, de alto a baixo, sem o menor tato ou contemplação, Osvaldina saiu de lá, desorientada. E quando ela e Márcio tomaram o ônibus, a pequena teve um suspiro:

— Santa Bárbara!

Márcio, sem perceber a depressão pavorosa da namorada, deu largas ao seu entusiasmo de filho e fã:

— É ou não é o que te disse? A melhor mãe do mundo? Batata...

O trio

Quando começaram a procurar apartamento, para casar, Márcio fez a advertência:

— Olha, rua de bonde não serve porque mamãe tem o sono muito leve. Acorda com qualquer barulho.

Osvaldina caiu das nuvens:

— Quer dizer, então, que ela vai morar com a gente?

E ele, quase ofendido com a pergunta:

— Mas claro! Então, você acha o quê? Que eu ia abandonar minha mãe? E sofrendo do coração? Nem que o mundo viesse abaixo!

Osvaldina suspirou, apenas. Mas sua decepção foi uma coisa tremenda. Mais tarde, contaria, em casa, a novidade. Foi um deus nos acuda. Disseram, francamente:

— Sogra e nora morando juntas é espeto!

Osvaldina admitiu, atribuladíssima:

— Eu também acho! Eu também acho!

Passaram-se dois ou três dias. E, então, a pequena, em conversa com o namorado, propõe o problema:

— Tua mãe vai morar com a gente. E quem vai ser dona de casa?

— Ela.

— Como?

Márcio explodiu:

— Mas, carambolas! Então, você acha que minha mãe, uma senhora, vai receber ordens de uma garota, como você? Que diabo! Será que você não pensa, não raciocina?

Primeira noite

Houve um momento em que, quase, quase, Osvaldina mandou o namorado passear. Mas a verdade é que o amava com um desses amores de fado, uma dessas paixões que escravizam a mulher. Aceitou a coabitação com a sogra, teve a exclamação fatalista e melancólica:

— Seja o que Deus quiser!

Casaram-se. Ela desejaria, no seu fervor de noiva, uma lua de mel fora, num hotel de montanha. Ele, porém, a desiludiu, positivamente:

— E a mamãe? Você se esquece de mamãe? Imagine se, em casa, sozinha, ela tem uma coisa, imagine!

Novo suspiro de Osvaldina:

— Paciência!

Para que negar? Essas coisas a enfureciam, a prostravam. Mas enfim casaram-se e a lua de mel foi mesmo no apartamento. Na primeira noite, aconteceu, apenas, o seguinte: à uma hora da manhã, despedido o último convidado, os recém-casados recolheram-se, no deslumbramento que se pode imaginar. Era o momento em que tanto um como o outro podiam dizer: "Enfim, sós." A primeira providência de Márcio foi fechar a luz principal do quarto. Ficou acesa apenas a lâmpada discreta, da mesinha de cabeceira. Então, o noivo, estreitando a pequena nos braços, delirou:

— Meu anjinho!

Sua mão correu por debaixo da camisola até o joelho ou pouco acima. Foi neste momento, precioso e inesquecível, que bateram à porta. Era, como não podia deixar de ser, d. Violeta. O filho, instantaneamente, desligou-se do próprio êxtase, arremessou-se. Osvaldina trincou os dentes; fez o comentário interior: "Velha miserável!" E Márcio, aflito, atendia a d. Violeta. Simplesmente ela abusara de doces, de camarões, de carne de porco, na festa do casamento. Torcia-se, agora. O filho desesperado pôs as mãos na cabeça:

— Eu não disse à senhora para não comer camarão? A senhora é teimosa que Deus te livre!

O pobre-diabo foi botar a capa de borracha, em cima do pijama, para comprar Elixir Paregórico. Quis que, enquanto isso, a noiva ficasse com d. Violeta. A pequena, porém, de bruços na cama, num desespero tremendo, disse, entredentes:

— Não fico com tua mãe coisa nenhuma! Eu vou é dormir!

O furor

Osvaldina ficou abandonada, no quarto, numa solidão de viuvez, ao passo que o marido se desvelava à cabeceira materna. A sogra interrompia os seus ais para fazer a observação ressentida: "Tua mulher nem pra saber se eu morri!" De fato, a menina jamais perdoou, nem à sogra, nem ao marido, o naufrágio da primeira noite nupcial. Foi franca:

— Meu filho, nossa lua de mel foi-se por água abaixo!

Ele protestava:

— Deixa de ser espírito de porco! Teu gênio é de amargar!

Então, as duas instalaram, naquele apartamento, um inferno. Está claro que, prestigiada pelo filho, d. Violeta levava sempre a melhor. E Márcio, entre os dois fogos, virava-se para a mulher:

— Você tem assinatura com minha mãe!

Osvaldina não podia ouvir um programa de rádio, porque d. Violeta irrompia, lá de dentro, para mudar de estação. As humilhações, as incompatibilidades, os desacatos eram tantos que, um dia, chorando, a nora colocou o problema nos seguintes termos histéricos:

— Uma de nós duas tem que morrer!

Semelhante declaração transpassou Márcio. Ele recuou dois passos, de olhos esbugalhados. Dir-se-ia que a mulher era um chacal, uma hiena. Quis que Osvaldina, imediatamente, pedisse perdão pela blasfêmia. Ela foi irredutível no seu rancor. E, de noite, honestamente ressentido, o rapaz, muito sereno e viril, comunicou-lhe:

— De hoje em diante, durmo na sala.

E ela:

— Ótimo. É melhor assim.

Desenlace

Durante umas duas semanas com integral apoio materno, dormiu na sala. Já d. Violeta, exultante com o incidente, soprava ao ouvido do filho que "o negócio era separação". Todos os dias, com método, com técnica, a velha punha mais lenha no ressentimento do rapaz, açulava o seu rancor. E ele já não olhava mais para a mulher. Fazia questão de ignorar a sua existência. Com os amigos, perdera as cerimônias; confessava: "A situação lá em casa está braba." Pausa e admitia: "Acho que vou me separar de Fulana."

No dia, porém, em que ia procurar um advogado amigo para tratar do desquite, foi chamado, às pressas. Voou para casa. Um desses edemas agudíssimos e inapeláveis fulminou d. Violeta. Morreu nos braços do filho. Osvaldina, que estava perto, fez seus cálculos: "É agora que ele se atira do 16º andar." Mas não, Márcio chorou e sentiu, não há dúvida. Menos, porém, do que ele próprio poderia esperar. E tanto que, enquanto vestiam a defunta, o rapaz, na sala, choroso, surpreendeu-se a fazer uma coisa detestável e quase sacrílega. Pois não é que, sem sentir e sem querer, estava admirando a mulher, o corpo, a curva do quadril, como se visse Osvaldina pela primeira vez? Quis desviar o pensamento para rumos mais piedosos e fúnebres. Todavia, o encanto continuava. Espantado, apertando na mão o pranteadíssimo lenço, pasmava: "Ora, bolas!"

O fato é que se sentia prodigiosamente outro. Algo se extinguira nele, talvez um medo ou quem sabe? Às três horas da manhã, estavam ele, a esposa e dois ou três parentes fazendo quarto, à sombra dos quatro círios. De repente, ele não se contém; levanta-se, vai até a porta e chama a mulher. Osvaldina obedece. E, então, no corredor, o rapaz dá-lhe um beijo, rápido e chupado, na boca. Sua mão deslizou, crispando-se numa nádega vibrante. Depois, sem uma palavra, lambendo os beiços, voltou. Trêmulo, de olho rútilo, senta-se entre os parentes que cochilavam.

Pai por dinheiro

O pai, seu Alfredo, tinha uma frota de trezentos lotações, rodando, dia e noite, pela cidade. Era um homem rico, muito rico, milionário. No dia em que a filha ficou noiva, ele, numa satisfação bárbara, a chamou:

— Vem cá, minha filha, vem cá.

Diga-se de passagem que seu Alfredo, em que pese a sua fortuna imensa, tinha instrução primária e era de origem bem humilde. Sabia fazer três das quatro operações: somar, diminuir e multiplicar. Dividir, não; aos cinquenta anos de vida, não sabia ainda dividir. Por outro lado, seus modos, ou por outra, sua falta de modos clamava aos céus. Tinha uma educação mais que discutível. E não faltava quem, despeitado com a sua prosperidade, rosnasse: "É um cavalo!" Pois bem, no dia em que sua filha, Dorinha, ficou noiva do dr. Fernando, ele a convocou: "Tudo bem, minha filha! Tudo o.k.?" A menina suspirou: "Tudo!" Mascando um charuto infecto, o velho olhava em torno: "Não está faltando nada?" Num gesto grosseiro, bateu no bolso, e insistia:

— Dinheiro há! Dinheiro há! Se quiserem alguma coisa, é só pedir. O que tu queres? Fala! Queres alguma coisa?

Dorinha vacila. E, então, diante do pai, sonha em voz alta:

— Papai, o senhor sabe qual é a coisa que eu mais desejo na vida? Sabe?

— O que é?

E ela:

— Um filho. Quero, sempre quis um filho, ouviu, papai?

Seu Alfredo esfrega as mãos:

— Mas isso é pinto, é canja, minha filha. — E repetia: — É o de menos. Casa e pronto, compreendeste? Batata, minha filha, batata!

Flor de menina

Havia entre pai e filha um contraste de arrepiar. Enquanto seu Alfredo representava uma espécie de gângster, de Al Capone dos lotações, Dorinha era uma figurinha frágil, delicada, ou, como diziam, um *biscuit*. Aprendera nos melhores colégios, sabia correntemente o francês, o inglês, bordava com um gosto de fada e era uma pianista de mão cheia. Aos 16 anos, apaixonara-se pelo advogado da companhia do pai, o dr. Fernando, rapaz bonito, vagamente afetado, que beijava a mão das senhoras e tinha sempre o ar de quem lavou o rosto há dez minutos. Mas a sua característica que mais impressionava e deslumbrava o sogro era a seguinte: chovesse ou fizesse sol, o dr. Fernando andava de colete e polainas. De resto um homem que sabia viver. Seu Alfredo, com sua contundente falta de tato, e sua bestial espontaneidade, dizia, abertamente:

— Gosto de meu futuro genro porque é um puxa-saco! Geralmente, o puxa-saco dá um marido e tanto! — Presunção, como se vê, um tanto precária. Mas o fato é que o noivado ia de vento em popa. Seu Alfredo vivia açulando as mulheres das famílias:

— Quero um casamento de arromba! Gastem sem pena, nem dó! — E mostrava a carteira recheada, repetindo: — Dinheiro há! Dinheiro há!

O neto

No dia do casamento, foi, até, interessante e impróprio. Seu Alfredo, sem nenhuma noção da própria inconveniência, dava tapas imensos nas costas do genro:

— Quero um neto, ouviu? Um neto caprichado! A jato!

Ria, ao clamar a pilhéria. E tinha, mal comparando, um riso grosso e soluçante de cachorro de desenho animado. Os convidados riram, também. Mas um vizinho, aliás um frustrado, cochichou ao ouvido do outro: "Que animal!" Referia-se, é claro, ao destemperado dono da casa. Muito bem. Na altura da meia-noite, partem os noivos para a lua de mel. Mas antes que o automóvel arrancasse, seu Alfredo enfiou o carão no interior do carro:

— Olha o meu neto! Quero o meu neto!

E o genro grave:

— Perfeitamente, perfeitamente.

Calamidade

No fim de uns vinte dias, voltou o casal. A mãe, d. Eduarda, de olho rutilante, quer saber: "Tudo bem, minha filha?" Tudo bem, sim. Todavia, a pequena parece inquieta: "Mamãe, o negócio é o seguinte: eu ainda não estou sentindo nada." D. Eduarda acha graça: "Ainda é cedo. Calma, minha filha, calma!" No dia seguinte, dr. Fernando vai reassumir o cargo na firma. O sogro, porém, quase irritado, mandou-o de volta:

— Não, senhor! Em absoluto! O seu lugar é ao lado de sua esposa!

O outro reluta: "E o emprego?"

Seu Alfredo trovejou:

— Você agora só tem o emprego de marido de minha filha, só. Percebeu?

Como resistir a um sogro que tinha trezentos lotações rodando, independente de prédios, avenidas, terrenos, o diabo? O velho veio trazê-lo, cordialmente, até a porta. Olha para os lados, e baixa a voz:

— O negócio do meu neto está caminhando direitinho? Ótimo! E olha, no dia em que o médico disser que é batata, tu passa por aqui, que eu te dou um cheque de cem mil cruzeiros, pra teus alfinetes!

Decepção

O tempo passou. No fim de quatro meses, a decepção era trágica: nada, absolutamente nada. Dorinha voltava de suas visitas mensais ao médico numa depressão medonha: "Minhas amigas têm filhos até em pé. E eu não, por quê?" O sogro perdeu a paciência com o genro: "Mas o que é que há contigo, rapaz? Estás dormindo no ponto?" Metido no seu eterno colete, nas suas indescritíveis polainas, dr. Fernando abria os braços: "Não compreendo." A título de espicaçá-lo, o velho piscava o olho:

— Sou homem de uma palavra só. Disse que te dava cem contos por neto, não disse? Pode contar. É dinheiro em caixa!

Desesperado, dr. Fernando corre a um médico: faz todos os exames. E recebe um impacto, quando o médico, batendo no seu ombro, anuncia:

— Não pode ter filho, ouviu? Não pode.

Desespero

Dr. Fernando teve medo da reação da mulher, dos sogros. Guardou para si, e só para si, o resultado. Com um descaro, que as circunstâncias impunham, simulava um espanto imenso: "Mas eu não posso compreender!" Verificava-se o seguinte: a lânguida, meiga, diáfana Dorinha tinha uma única e selvagem paixão: a maternidade. Queria ser mãe, eis tudo. Acuado pelo sogro, dr. Fernando refugiava-se na seguinte desculpa: "Mas eu não posso fazer milagres!" O sogro partiu para ele, de dedo espetado: "Fazer filho não é milagre, nunca foi milagre, seu bestalhão!"

O fim

Transcorreu mais um ano, dr. Fernando andava, em casa, pelos cantos, numa humilhação treda e torva. Quanto a Dorinha, perdera o viço, a alegria de viver, petrificada no seu desgosto. E, de repente, acontece realmente o milagre: Dorinha vai ao médico e volta com a grande notícia: "Estou, estou!" No delírio geral, houve uma única exceção: a do pai presuntivo que, sentado, as duas mãos em cima dos joelhos, esbugalhou os olhos, incapaz de uma palavra. Finalmente, ele ergue-se; vira-se para a mulher: "Vou dar a notícia, pessoalmente, a teu pai." Apanha o automóvel e voa para a firma dos lotações. Salta lá, precipita-se para o gabinete do velho. Seu Alfredo teve um choque tremendo. Abraçou-se chorando ao genro: determinou que se encerrasse o expediente mais cedo. Enfim, um autêntico carnaval. Finalmente, vira-se para o rapaz: "Eu te prometi quanto mesmo? Cem, não foi?" Então, o genro aproxima-se e, com um meio riso ignóbil, conta-lhe o exame feito, no médico: "Não posso ser pai, compreendeu?" Respira fundo e completa:

— Nessas condições, quero mais. Acho pouco cem. Trezentos, no mínimo.

O velho levantou-se, assombrado. Súbito, pôs-se a berrar:
— Ah, não é teu? O filho não é teu? Então, tu não vais levar um níquel, um tostão! Agora, rua, ouviu? Rua!
O genro saiu, de lá, debaixo de pescoções.

Curiosa

A princípio não ligou, não prestou atenção. Mas, certa vez, numa festa, o Carvalhinho o cutucou:

— Abre o olho, rapaz! Abre o olho!

Não entendeu:

— Por quê?

— Esse teu negócio com a mulher do Paiva está dando na vista.

Esbugalhou os olhos:

— Nem brinca! Sou amigo do Paiva até debaixo d'água! E para com essa brincadeira, sim?

Discutiram em voz baixa; o Carvalhinho insistiu: "Não amola! Ela não tira os olhos de ti! Te dá cada bola tremenda!" Em vão, o Serafim, realmente assustado, bateu nos peitos: "Te juro! Te dou minha palavra de honra!" Carvalhinho acabou criando a alternativa:

— Ou tu dás em cima dela ou ela dá em cima de ti. Não tem escapatória!

O seduzido

Então, alertado pelo amigo, Serafim começou a reparar. E, de fato; até o fim da festa, fez uma série de observações, que aumentaram a sua confusão. De perto ou de longe, dançando ou descansando, Jandira o olhava de uma maneira intensa, permanente e comprometedora. A princípio, o rapaz quis polemizar consigo mesmo: "Faz isso sem maldade!" Mas teve que se convencer, afinal. Esse olhar, que o perseguia, não comportava duas interpretações e... Tomou um susto quando ouviu o convite inesperado:

— Vamos dançar essa, Serafim?

Era Jandira. Ele balbuciou, num constrangimento dramático: "Pois não! Pois não!" Saíram, dançando, e, instantaneamente, teve, fisicamente, a sensação de que todos os olhares se crivavam nele e Jandira. Possivelmente, o Paiva, como o principal interessado, estaria olhando também e com a pulga atrás da orelha. Ela colava o corpo, juntava o rosto. De repente, em pleno fox, Jandira, quase sem mover os lábios, pergunta:

— Você não percebeu nada, ainda?

— Como?...

E ela, frívola e lânguida:

— Ih, meu Deus do céu! O pior cego é aquele que não quer ver!...

Quando a música parou, Jandira, desencantada e com certa irritação, suspira:

"Você é mais bobo do que eu pensava!" Ele, fora de si, foi inteiramente incapaz de um comentário. Desgovernado, afastou-se, atropelando várias pessoas. Durante uns cinco minutos, esteve na varandinha que dava para o jardim, recebendo no rosto, no peito, a frescura noturna. O Carvalhinho foi lá interpelá-lo, alegremente: "Como é? Negas agora?" Pendurou-se no amigo:

— Vou te pedir um favor, um favor de mãe pra filho.
— Fala.

Baixou a voz:

— Não comenta isso com ninguém, pelo amor de Deus! Nem com tua mãe!...

Carvalhinho, impressionado com o romance descoberto, indagava: "Mas quer dizer que é batata?" Tentou resistir: "Não!" Bateu na mesma tecla: "Sou amigo do Paiva e a Jandira é como se fosse minha irmã!" O amigo bufou:

— Você é um vigarista! Parei com teu cinismo!...

O romance

Cinco dias depois, estava o Serafim no escritório, quando aparece o Carvalhinho. Baixa a voz: "Você foi visto, ontem, nas Laranjeiras, de braço com a Jandira!" Serafim quis falar, não saiu o som. E Carvalhinho, numa satisfação cruel, permitiu-se ao luxo de dar conselhos: "Vocês andam se expondo muito. Cuidado!"

Então, o Serafim, inteiramente indefeso, sem moral, puxou o outro: "Senta aí! Senta aí!" Gemeu: "Estou numa sinuca de bico!" Faz para o amigo, curioso e voraz, um apanhado da situação. Era, de fato, velho amigo do casal. Durante anos e anos, jamais lhe roçara o espírito a hipótese de que pudesse ser outra coisa senão amigo de Jandira, fraterno amigo. E, súbito, há a tal festa, na qual recebe a primeira insinuação. No dia seguinte, a pequena telefona e, com pasmo e horror para Serafim, faz-lhe uma declaração completa. Tentou resistir, mas foi envolvido irremediavelmente. Passaram aos encontros. Agora, no escritório, Serafim desabafava:

— Vê se pode! É ela quem tem a iniciativa, quem propõe os passeios, quem dá os beijos!

Carvalhinho, maravilhado, exclamou: "Não é nada sopa, hein?" O pior de tudo era o remorso de Serafim: "É uma sujeira ignóbil. Sou amigo do marido, veja você!, amicíssimo!" Carvalhinho ergueu-se:

— Quer um conselho? Aproveita, rapaz! Mete as caras! Mulher não se enjeita!

Serafim dramatizou:

— Estou me sentindo um canalha! Um patife!...

Pérfida

Durante uns dois dias, quebrou a cabeça: "Isso não se faz! Se fosse um estranho, vá lá. Mas mulher de amigo é sagrada..." Enfim, chegou a uma decisão e prometeu, heroicamente, a si mesmo: "Vou acabar com esse negócio." No telefone, procurou ser viril: "Vou te avisando: é o nosso último encontro! O último!" No dia seguinte, houve a derradeira entrevista no

Cosme Velho. Discutiram. Insistiu: "Você não vê que não está certo? Não está direito?" Jandira, porém, cega e dominada, não atendia a nenhum raciocínio: "Quero e pronto!" Diante dessa obstinação, ele fez-lhe uma série de perguntas:

— Vem cá, explica um negócio: eu me lembro que, há pouco tempo, tinhas uns ciúmes danados do Paiva.

— Ainda tenho.

Estacou, assombrado: "Mas tem como? Se você não gosta dele?" Respondeu com simplicidade:

— Gosto, sim. Quem foi que disse que eu não gosto do meu marido?

Recuou atônito. E, de um momento para outro, o remorso de pouco antes se fundia num sentimento agudo e novo, de ciúme, de raiva, despeito. Perguntou, brutalmente: "Então que apito toco eu nisso tudo?" Pousou dois dedos nos lábios do rapaz:

— Não faz perguntas. Deixa pra lá. Eu estou aqui contigo, não estou? O resto não interessa.

Serafim, porém, ressentido, bufava: "Essa história está malcontada! Muito malcontada." No momento da despedida, como ele se mantivesse de cara amarrada, a pequena deu-lhe um tapinha na face:

— Também gosto de ti, bobinho! Também gosto de ti!...

Ciúmes

E a partir dessa tarde, sempre que a via, cada vez mais bonita, pensava no outro. Enfurecia-se, então. Com alegre e frívola surpresa, a própria Jandira caracterizou as novas reações do Serafim: "Estás com ciúmes, é?" Divertia-se cruelmente com o rapaz: "Mas não eras tão amigo dele? Não tinhas tanto chiquê?"

Ele, confuso, não sabia o que responder. Mas, pouco a pouco, deixou-se tomar de irritação e, por fim, de ódio, contra o Paiva. Já dizia: "Aquela besta do teu marido!" Outras vezes trincava as palavras: "Tenho vontade de te bater, só de lembrar que tu está à disposição desse cara!" E, não raro, ocorria-lhe a curiosidade envenenada: "Ele te beija muito? Te beijou ontem? Te vê nua?" Sua compensação, seu melancólico desagravo, era dizer, com um riso pesado: "Se ele soubesse que tu estás aqui, comigo, hein?" Jandira ria, também: "Saber como?" E criava a hipótese estapafúrdia: "Só se tu fores contar!" Até então, porém, tinham se limitado àqueles passeios de namorados, através das ruas mais quietas das Laranjeiras, Tijuca e Santa Teresa. Mas agora que passara a ter raiva do marido, nenhum escrúpulo o travava. Uma tarde, apertou o braço de Jandira e soprou: "Tenho um lugar, assim, assim, discretíssimo. Vais lá?" Em pé, na calçada, ela teve um longo frêmito; declarou:

— Até que enfim! Como demoraste, puxa!...

Curiosidade

No dia, às quatro horas da tarde, ela chegava no lugar combinado, com um vestido novo e colante, que mandara fazer, expressamente, para o pecado. Antes de se deixar beijar, disse:

— Eu não fiz isso com ninguém, nunca!

E, como se não bastasse a força das próprias palavras, acrescentou: "Quero ver minha filha morta se estiver mentindo!" Em seguida, começaram os beijos. Não satisfeita, ela pedia: "Morde!" Uma hora e quarenta minutos depois, estava ela diante do espelho, refazendo a pintura dos lábios. Então, Serafim, que a contemplava numa espécie de febre, aproximou-se: "Diz o seguinte: se gostas do teu marido, por que fizeste isso? Por quê?" Acabara a maquilagem; levantou-se. Face a face com Serafim, respondeu, fixando nele os olhos verdes e frios: "O único homem que tinha me beijado, o único homem que eu, enfim, conhecia, era meu marido." Pausa e continuou: "Eu quis fazer uma experiência..." Concluiu dizendo a palavra justa: "Questão de curiosidade..." Serafim recuou lívido, esbravejou: "Quer dizer que eu sou a experiência? Eu sou a cobaia?" Em desespero, pôs-se a vociferar contra o marido: "Aquela besta! Aquele cretino!" Rápida, ela cortou: "Não fale assim do meu marido! Eu não admito!" E ele:

— Falo, sim! Idiota, palhaço!

Na sua fúria terrível, segurou-a pelos dois braços:

— Agora vais me dizer, ouviste, qual foi o resultado da experiência. Diz!

Respondeu, tranquila, sem medo: "O pior possível! Você não chega aos pés do meu marido. Foi a primeira e última vez. Daqui em diante, nem você, nem nenhum outro idiota põe a mão em cima de mim... Só meu marido..."

Saiu de lá sem olhá-lo, deixando no quarto, por muito tempo, o seu perfume bom, a desiludida do pecado.

Nos dias seguintes, perseguiu-a, como um alucinado, pelo telefone. Ela respondia: "Não quero mais conversa contigo." E desligava. Deu para esperá-la na esquina. O marido acabou sabendo. Na primeira oportunidade, quebrou-lhe a cara.

Dama do lotação

Às dez horas da noite, debaixo de chuva, Carlinhos foi bater na casa do pai. O velho, que andava com a pressão baixa, ruim de saúde como o diabo, tomou um susto:

— Você aqui? A essa hora?

E ele, desabando na poltrona, com profundíssimo suspiro:

— Pois é, meu pai, pois é!

— Como vai Solange? — perguntou o dono da casa.

Carlinhos ergueu-se; foi até a janela espiar o jardim pelo vidro. Depois voltou e, sentando-se de novo, larga a bomba:

— Meu pai, desconfio de minha mulher.

Pânico do velho:

— De Solange? Mas você está maluco? Que cretinice é essa?

O filho riu, amargo:

— Antes fosse, meu pai, antes fosse cretinice. Mas o diabo é que andei sabendo de umas coisas... E ela não é a mesma, mudou muito.

Então, o velho, que adorava a nora, que a colocava acima de qualquer dúvida, de qualquer suspeita, teve uma explosão:

— Brigo com você! Rompo! Não te dou nem mais um tostão!

Patético, abrindo os braços aos céus, trovejou:

— Imagine! Duvidar de Solange!

O filho já estava na porta, pronto para sair; disse ainda:

— Se for verdade o que eu desconfio, meu pai, mato minha mulher! Pela luz que me alumia, eu mato, meu pai!

A suspeita

Casados há dois anos, eram felicíssimos. Ambos de ótima família. O pai dele, viúvo e general, em vésperas de aposentadoria, tinha uma dignidade de estátua; na família de Solange havia de tudo: médicos, advogados, banqueiros e até um tio ministro de Estado. Dela mesma se dizia, em toda parte, que era "um amor"; os mais entusiastas e taxativos afirmavam: "É um doce de coco." Sugeria nos gestos e mesmo na figura fina e frágil qualquer coisa de extraterreno. O velho e diabético general poderia pôr a mão no fogo pela nora. Qualquer um faria o mesmo. E todavia... Nessa mesma noite, do aguaceiro, coincidiu de ir jantar com o casal um amigo de infância de ambos, o Assunção. Era desses amigos que entram pela cozinha, que invadem os quartos, numa intimidade absoluta. No meio do jantar, acontece uma pequena fatalidade: cai o guardanapo de Carlinhos. Este curva-se para apanhá-lo e, então, vê, debaixo da mesa, apenas isto: os pés de Solange por cima dos de Assunção ou vice-versa. Carlinhos apanhou o guardanapo e continuou a conversa, a três. Mas já não era o mesmo. Fez a exclamação interior: "Ora essa! Que graça!" A angústia se antecipou ao raciocínio. E ele já sofria antes mesmo de criar a suspeita, de formulá-la. O que vira, afinal, parecia pouco. Todavia, essa mistura de pés, de sapatos, o amargurou como um contato asqueroso. Depois que o amigo saiu, correra à casa do pai para o primeiro desabafo. No dia seguinte, pela manhã, o velho foi procurar o filho:

— Conta o que houve, direitinho!

O filho contou. Então, o general fez um escândalo:

— Toma jeito! Tenha vergonha! Tamanho homem com essas bobagens!

Foi um verdadeiro sermão. Para libertar o rapaz da obsessão, o militar condescendeu em fazer confidências:

— Meu filho, esse negócio de ciúme é uma calamidade! Basta dizer o seguinte: eu tive ciúmes de tua mãe! Houve um momento em que eu apostava a minha cabeça que ela me traía! Vê se é possível?!

A certeza

Entretanto, a certeza de Carlinhos já não dependia de fatos objetivos. Instalara-se nele. Vira o quê? Talvez muito pouco; ou seja, uma posse recíproca de pés, debaixo da mesa. Ninguém trai com os pés, evidentemente. Mas de qualquer maneira ele estava "certo". Três dias depois, encontro acidental, com o Assunção, na cidade. O amigo anuncia, alegremente:

— Ontem, viajei no lotação com tua mulher.

Mentiu sem motivo:

— Ela me disse.

Em casa, depois do beijo na face, perguntou:

— Tens visto o Assunção?

E ela, passando verniz nas unhas:

— Nunca mais.

— Nem ontem?

— Nem ontem. E por que ontem?

— Nada.

Carlinhos não disse mais uma palavra; lívido, foi ao gabinete, apanhou o revólver e o embolsou. Solange mentira! Viu, no fato, um sintoma a mais de infidelidade. A adúltera precisa mesmo das mentiras desnecessárias. Voltou para sala; disse, à mulher, entrando no gabinete:

— Vem cá um instantinho, Solange.

— Vou já, meu filho.

Berrou:

— Agora!

Solange, espantada, atendeu. Assim que ela entrou, Carlinhos fechou a porta, à chave. E mais: pôs o revólver em cima da mesa. Então, cruzando os braços, diante da mulher atônita, disse-lhe horrores. Mas não elevou a voz, nem fez gestos:

— Não adianta negar! Eu sei de tudo!

E ela, encostada à parede, perguntava:

— Sabe de quê, criatura? Que negócio é esse? Ora veja!

Gritou-lhe, no rosto, três vezes a palavra "cínica"! Mentiu que a fizera seguir por um detetive particular; que todos os seus passos eram espionados religiosamente. Até então não nomeara o amante, como se soubesse tudo, menos a identidade do canalha. Só no fim, apanhando o revólver, completou:

— Vou matar esse cachorro do Assunção! Acabar com a raça dele!

A mulher, até então passiva e apenas espantada, atracou-se com o marido, gritando:

— Não, ele, não!

Agarrado pela mulher, quis se desprender, num repelão selvagem. Mas ela o imobilizou, com o grito:

— Ele não foi o único! Há outros!

A dama do lotação

Sem excitação, numa calma intensa, foi contando. Um mês depois do casamento, todas as tardes, saía de casa, apanhava o primeiro lotação que passasse. Sentava-se num banco, ao lado de um cavalheiro. Podia ser velho, moço, feio ou bonito; e uma vez — foi até interessante — coincidiu que seu companheiro fosse um mecânico, de macacão azul, que saltaria pouco adiante. O marido, prostrado na cadeira, a cabeça entre as mãos, fez a pergunta pânica:

— Um mecânico?

Solange, na sua maneira objetiva e casta, confirmou:

— Sim.

Mecânico e desconhecido: duas esquinas depois, já cutucara o rapaz: "Eu desço contigo." O pobre-diabo tivera medo dessa desconhecida linda e granfa. Saltaram juntos: e esta aventura inverossímil foi a primeira, o ponto de partida para muitas outras. No fim de certo tempo, já os motoristas dos lotações a identificavam a distância; e houve um que fingiu um enguiço para acompanhá-la. Mas esses anônimos, que passavam sem deixar vestígios, amarguravam menos o marido. Ele se enfurecia, na cadeira, com os conhecidos. Além do Assunção, quem mais?

Começou a relação de nomes: Fulano, Sicrano, Beltrano... Ele berrou: "Basta! Chega!" Em voz alta, fez o exagero melancólico:

— A metade do Rio de Janeiro, sim, senhor!

O furor extinguira-se nele. Se fosse um único, se fosse apenas o Assunção, mas eram tantos! Afinal, não poderia sair, pela cidade, caçando os amantes. Ela explicou, ainda, que, todos os dias, quase com hora marcada, precisava escapar de casa, embarcar no primeiro lotação. O marido a olhava, pasmo de a ver linda, intacta, imaculada. Como é possível que certos sentimentos e atos não exalem mau cheiro? Solange agarrou-se a ele, balbuciava: "Não sou culpada! Não tenho culpa!" E, de fato, havia, no mais íntimo de sua alma, uma inocência infinita. Dir-se-ia que era outra que se entregava e não ela mesma. Súbito, o marido passa-lhe a mão pelos quadris: "Sem calça! Deu agora para andar sem calça, sua égua!"

Empurrou-a com um palavrão; passou, pela mulher, a caminho do quarto; parou, na porta, para dizer:

— Morri para o mundo.

O defunto

Entrou no quarto, deitou-se na cama, vestido, de paletó, colarinho, gravata, sapatos. Uniu bem os pés; entrelaçou as mãos, na altura do peito; e assim ficou. Pouco depois, a mulher surgiu, na porta. Durante alguns momentos, esteve imóvel e muda, numa contemplação maravilhada. Acabou murmurando:

— O jantar está na mesa.

Ele, sem se mexer, respondeu:

— Pela última vez: morri. Estou morto.

A outra não insistiu. Deixou o quarto, foi dizer à empregada que tirasse a mesa e que não fariam mais as refeições em casa. Em seguida, voltou para o quarto e lá ficou. Apanhou um rosário, sentou-se perto da cama: aceitava a morte do marido como tal; e foi, como viúva, que rezou. Depois do que ela própria fazia nos lotações, nada mais a espantava. Passou a noite fazendo quarto. No dia seguinte, a mesma cena. E só saiu, à tarde, para sua escapada delirante, de lotação. Regressou horas depois. Retomou o rosário, sentou-se e continuou o velório do marido vivo.

O padrinho

Quando viu o Chagas, no meio da rua, abriu os braços, numa efusão tremenda. Dando-lhe grandes e cordialíssimas palmadas nas costas, indagava, aos berros: "Como vai essa lua de mel?" O outro respondeu, na alegria do encontro inesperado: "Vai navegando! Vai navegando!" Amigos íntimos, de infância, não se viam desde o casamento de Chagas, dois meses atrás. E veio de Armando a sugestão: "Vamos comemorar o encontro." Chagas tinha um compromisso para daí a pouco, mas o outro travou-lhe o braço; só faltou arrastá-lo:

— Deixa de ser besta! Vamos embora! Eu pago!

Chagas acabou aceitando. Entraram no primeiro café, abancaram-se numa mesa do fundo e pediram chope. E, então, no terceiro ou quarto copo, o Chagas, lambendo os beiços, começou:

— Sabe que foi um alto negócio eu ter te encontrado? — Acrescentou, suspirando: — Estou numa situação dramática. Precisava me abrir com alguém, de confiança, fazer uma autêntica confissão!

Armando fincou os dois cotovelos na mesa, na expectativa de grandes confidências. Animou o amigo: "Mete lá!" Chagas pigarreou, lutando contra um derradeiro escrúpulo; baixou a voz: "Imagina tu a calamidade: arranjei uma pequena e..." O amigo o interrompeu, assombrado.

— Arranjaste uma pequena como? Conta este negócio direito. Não estás em plena lua de mel? Casadinho de fresco?

— Pois é, estou.

Armando deu um murro na mesa:

— Então, parei contigo! Isso é uma sujeira, que diabo! O fim do mundo!

Chagas, lambendo a espuma do chope, e fazendo uma patética autocrítica, concordava em que era uma sujeira, um papel vergonhoso. Gemia, desarvorado: "Caso sério!" E, então, após se saturar de chope, já com a sensibilidade moral embotada, Armando quis saber que tal a Fulana: "É boa?" Resposta frenética: "Espetacular!" E, na hora de pagar a despesa, o atribulado Armando desabafou: "Preciso chutar a cara." Ao que o outro, num riso pesado e sórdido de ébrio, respondeu:

— Manda pra mim! Manda pra mim!

Grande ideia

No dia seguinte, à tarde, o Chagas irrompia pelo escritório do Armando. Logo de entrada foi avisando: "Olha: jantas hoje com a gente." Armando, que, na véspera, já faltara a um compromisso, quis resistir: "Hoje não posso. Fica para outro dia." Mas o Chagas tiranizava, desde os tempos da meninice, aquele amigo:

— Pode, como não? Já avisei à minha mulher. Quero te apresentar à minha cunhada.

O outro, vencido, coçava a cabeça: "Você é de amargar, hein?" Foram, juntos, de táxi: e, no caminho, Chagas trovejou: "Você é uma besta!"

— Por quê?

— Evidente! Um sujeito da tua idade devia estar arquicasado! O casamento é a grande solução! Estás perdendo tempo e bancando o palhaço!

Armando riu, meio cético:

— Às vezes.

— Sempre! Sempre! É outra coisa! Falo de cadeira!

Quando chegaram na casa do Chagas, este foi enfático. Apresentou Armando à esposa nos seguintes termos:

— Tomem nota: este é o melhor sujeito do mundo. Por esse cara, ponho a minha mão no fogo.

Confiança

Desde o primeiro momento, Armando se sentiu, ali, como em sua casa. Criou-se instantaneamente entre ele e Dora (esposa de Chagas) e Lucila (cunhada) uma intimidade cheia de confiança, quase terna. Dora foi dizendo: "Meu marido só fala em você." Ao apresentar Lucila, Chagas diria:

— É ou não é um biju?

E Armando:

— Lógico!

Depois do jantar e do cafezinho, Chagas arrastou a mulher para o corredor: "Que tal o Armando?" Dora admitiu: "Simpático." E Chagas, num entusiasmo total:

— Não te disse? Batata! E olha: sujeito decentíssimo. Não vejo partido melhor pra tua irmã. Um achado!

Mas a mulher, reticente, sugeriu uma hipótese possível: "E se ela não gostar?" O outro protestou, veemente: "Ora essa! Não gostar por quê? Vai gostar sim! Aposto contigo!" Quando os dois voltaram, encontraram Armando e Lucila entretidos numa conversa imensa. Chagas piscou o olho para a mulher, como quem diz: "Tiro e queda!"

O romance

Foi um romance meio a muque. Todos os dias Chagas telefonava para o amigo: "Contamos contigo para o jantar." E Armando, sem forças para resistir, dizia: "Não quero abusar. Tua mulher pode não gostar." Chagas exagerava: "Vai te catar, vai. Pois se ela e minha cunhada fazem questão!" De vez em quando, inventava: "Olha: Lucila acaba de me telefonar perguntando se não ias lá hoje. Eu disse que sim." E, um dia, Lucila, enfezada, foi ao escritório do cunhado. Interpelou-o, violenta: "Que negócio é esse?" Ele, pálido, perguntou: "Como?" E a pequena veemente: "O que é que você está tramando?"

— Eu?

— Você, sim! Ora veja! Afinal, quem é que escolhe o meu marido, hein? Você ou eu mesma? Que graça!

Chegara o momento de uma explicação que não podia ser mais adiada. E, então, com o máximo de autocontrole, ele fechou a porta à chave e veio se sentar ao lado da moça. Usou a sua voz mais doce e foi, de fato, de uma ternura cheia de humildade.

Começou assim:

— Presta atenção: não percebeste, ainda, que teu casamento é um grande golpe, um golpe espetacular? Pensa um pouco, pensa!

Ela o interrompeu, agressiva: "Ora, não amola! Golpe como?" Chagas desenvolveu o seu raciocínio: "Mas evidente! Mais cedo ou mais tarde você teria de casar. Não é mesmo? E é melhor que seja com o Armando, que é um bom sujeito, em vez de ser com um cafajeste." Ela, pensativa, não sabia o que dizer. Fez a pergunta: "Isso não é um chute que você está me dando?" Chagas dramatizou:

— Pelo amor de Deus! Não faça esse juízo de mim! — Baixou a voz: — Tu sabes, não sabes? Que és tudo para mim? — Repetiu, com os olhos marejados: — Tudo!

Amor

Sem querer, sem sentir, Armando foi envolvido. Houve um momento em que, desconcertado, procurou o Chagas. Era uma boa alma, de uma ingenuidade desesperadora. Admite para o outro a sua perplexidade: "Não há dúvida que eu gosto muito de tua cunhada. Mas será isto amor?" Chagas bateu nas costas, cínico:

— Se isso é ou não é amor, só Deus sabe. Mas uma coisa te digo: casamento não tem nada a ver com amor. E nem se deve amar a própria esposa. Não é negócio e só dá dor de cabeça. Compreendeste?

Essas ideias, que o desconcertavam pelo cinismo, faziam Armando sofrer. Chagas continuava: "A esposa é a companheira, a sócia." Em suma: só faltou dizer que só a rua, e não o lar, era compatível com o amor. Mais tarde, com Lucila, Chagas esfregava as mãos de contente: "O Armando está indo que nem um patinho. Não enxerga dois palmos adiante do nariz. Qualquer conversa meio confusa o convence." Fazia projetos:

— Quando tu casares, eu estarei lá rente que nem pão quente. Acabo sendo o padrinho de vocês.

Olhava a cunhada: "Que vontade de chupar esses peitinhos!"

O padrinho

E, de fato, quando fez o pedido oficial, Armando virou-se para o amigo: "Eu e Lucila fazemos questão que tu sejas o nosso padrinho." Nessa altura dos acontecimentos, o pobre Armando perdera as dúvidas anteriores. Acreditava-se apaixonado. Uma vez por outra, perguntava ao Chagas:

"E aquele teu caso?" O outro, cheio de si, mentia: "Dei um chute naquela cara." E ria, piscando o olho:

— Imagina a calamidade — duas luas de mel, ao mesmo tempo. Isola!

E tudo correria no melhor dos mundos, se, às vésperas do casamento, Lucila não começasse a ficar triste. Suspirava pelos cantos. E, um dia, a sós com o Chagas, teve uma explosão: "Acho horroroso trair um homem!" Era este, de fato, o seu drama, esta a sua crise. E dizia: "Não sei se terei essa coragem..." Chagas acabou perdendo a paciência; foi até brutal:

— Que tanto escrúpulo é esse? — E completou, incisivo: — Trair o marido não é pior do que trair a irmã!

Lucila, então, num desespero maior, gritou: "O marido não me interessa! O que eu não queria era trair você!"

Agarrou-se a ele; apertou entre suas mãos o rosto do rapaz: "Será que eu te posso trair, meu anjo?" E ele, tocado por esse amor, desorientado, balbuciava:

— É preciso! É preciso! — E argumentou: — É para nosso bem!

As núpcias

Na véspera do casamento, temeroso de que ela fraquejasse, o Chagas sussurrou: "Depois que tiveres um marido, vai ser um chuá pra nós!" Chegou o dia. Muito linda, Lucila casou-se no civil e no religioso. E veio, de noiva, para a casa, no automóvel iluminado, com o comovido Armando. Finalmente, quando se viram sós, na casa silenciosa, e o noivo quis beijá-la, ela se desprendeu, com violência. Recuou gritando:

— Não me toque! Não me toque! — Torcendo e destorcendo as mãos, dizia: — Eu quis ser de dois, mas não posso, não está em mim!

Meia hora depois, a chamado do marido, Chagas e Dora compareciam. Lucila, é claro, escondia, ferozmente, a identidade do outro. Trancaram-se as irmãs numa sala. E vendo que não extorquia o nome, Dora deu-se por satisfeita:

— Eu não te condeno! Tua atitude é linda! — Repetiu: — Linda!

A grande mulher

Ia com o amigo pela calçada quando a viu.

— Olha!

— O quê?

— Espia!

Os dois abriram alas para que ela passasse. E Nilson fez o comentário maravilhado:

— Que uva!

Mas já o outro a identificara:

— É a Neném!

— Quem?

O amigo repetiu e explicou que se tratava de uma mercenária do amor. O espanto de Nilson foi indescritível: "Parece uma menina de família!" Exagerava, porém. Era sensível à condição de Neném. Percebia-se no olhar, de uma doçura viva e propositai, no sorriso persistente, no batom violento, que pertencia a uma profissão muito especial que, segundo já se disse, "é a mais antiga das profissões". Nilson suspirou:

— Ah, se eu não fosse casado! Te juro que hoje mesmo metia as caras!

Neném

De fato, era casado e podia dar graças a Deus, porque tivera muita sorte. A esposa, que se chamava Geralda, possuía todas as virtudes possíveis e desejáveis. Pertencia a uma das melhores famílias do país, sabia dois ou três idiomas, era física e espiritualmente um modelo. De resto, saíra de um colégio interno para casar-se, seis meses depois. O pai de Geralda, com indisfarçável vaidade, pôde dizer ao genro:

— Meu caro Nilson, minha filha é pura da cabeça aos pés. Nunca houve, note bem, nunca houve uma noiva tão decente.

E Nilson respondeu, grave e emocionado: "Realmente, realmente." Estavam casados há um ano e meio, e, até aquela data, jamais um atrito, um equívoco, uma discussão turvara a sua felicidade conjugal. Geralda não elevava a voz, não se exaltava, falava baixo e macio; e quando achava graça jamais ultrapassava o limite do sorriso. Eliminara de seus hábitos e modos a gargalhada. Por força da convivência, o próprio Nilson, que era exuberante por natureza, um pouco desleixado, continha-se. Em casa, era incapaz de rir mais alto; de usar gíria. Por vezes, tinha a impressão de que, no seu lar, estava amordaçado. No dia em que viu Neném pela primeira vez, voltou para casa com um remorso pueril. Disse mesmo ao amigo que, na ocasião, o acompanhava:

— Homem não presta mesmo!
— Por quê?

E ele:

— Veja você; sou casado com o anjo dos anjos. Mas bastou passar uma mulher ordinaríssima, como essa tal Neném, e eu já estou com água na boca!

O fato é que desejaria não olhar, nem sonhar com outra que não fosse a esposa tão nobre e tão amada.

A surpresa

Mas nessa noite aconteceu, na vida do Nilson, um fato muito interessante. Ele tinha, geralmente, um sono ótimo, fácil e contínuo. Dormia sempre antes da mulher e acordava no dia seguinte. De madrugada, porém, despertou com uma azia tremenda e golfadas ácidas sucessivas e desagradabilíssimas. Deduziu: "Alguma coisa que eu comi!" Fez ainda a blague, irritado: "Estou com gosto de guarda-chuva na boca!"

Levantou-se, foi tomar um sal amargo qualquer e voltou para a cama. Geralda Maria dormia profundamente. Mas a azia de Nilson continuava; gemeu: "Bolas!"

E, de repente, em pleno sono, Geralda virou-se na cama, resmungou uma porção de coisas sem nexo e, por fim, sussurrou o pedido nítido: "Me beija..." Evidentemente dormia, ou por outra, sonhava. Como ele não se mexesse, ela teve a iniciativa: arrastou-se na cama, aproximou o próprio rosto do dele e entreabriu os lábios para o beijo. Repetia o apelo: "Me beija, Carlos..." Automaticamente Nilson deu o beijo, mas o nome desconhecido estava dentro dele. Ela insistia: "Carlos, Carlos." Acariciava-o com a mão no rosto, nos cabelos. Então, no escuro, Nilson fez a revisão de todos os amigos, conhecidos e parentes. Quebrava a cabeça: "Conheço algum Carlos?" Acabou se convencendo: não, não conhecia. Sempre em sonho, Geralda puxa a camisola e passa a perna por cima dele.

De manhã, diante do espelhinho, fazendo a barba, pergunta: "Você conhece algum Carlos, meu anjo?" Houve, antes da resposta, um silêncio muito grande, um silêncio grande demais. Finalmente, no quarto, Geralda Maria disse, com naturalidade que Nilson achou esquisita:

— Não, não conheço. Por quê?

Ele pigarreou: "Por nada!"

Mas já começava a sofrer.

Carlos

Depois da barba e do banho, desceu para o café. Neste momento bateu o telefone. Atendeu e teve que repetir "alô" três vezes, porque a pessoa que estava do outro lado da linha pareceu hesitar. Finalmente, uma voz masculina perguntava:

— Quem fala?

Deu o número e a pessoa disse: "Engano!"

E, de fato, podia e devia ser engano. Nada mais comum, nada mais trivial do que uma ligação errada. Todavia, Nilson foi tomar café com uma brusca e definitiva certeza: a pessoa que falara era o Carlos! Foi tão agudo, o seu sofrimento, que saiu. Na cidade, sentia-se numa prostração absoluta. E, de repente, teve uma iniciativa sem nenhuma lógica aparente: ligou para o amigo da véspera pedindo o endereço de Neném. O outro achou uma graça infinita.

— Mas o que é que há contigo? Estás apaixonado?

Foi malcriado: "Vai lamber sabão!" De noite, depois do serviço, bateu na porta de Neném. Ela o atendeu, com um quimono muito bonito, bordado de ponta a ponta. Sentaram-se. Nilson, num humor sinistro, fez uma graça triste: "Estou sem níquel!" A pequena riu, ao mesmo tempo que punha uma pedrinha de gelo no copo de uísque.

— Não faz mal.

E ele, surpreso e encantado: "Você fia?"

Confirmou com a cabeça. Nilson, divertido, prolongou a brincadeira: "Olha que eu posso te dar o beiço!" Neném ria, ainda.

— Então, meu filho, o azar é meu!

Duas horas depois ele apanhou a carteira: "Brinquei contigo. Tenho dinheiro, sim. Toma." Estendia uma nota de quinhentos cruzeiros, que ela recusou. Advertiu, porém: "Mas não conta a ninguém, não, que foi de graça. Se a madame sabe, vai subir pelas paredes."

Dupla existência

E então começou a ter "duas vidas", uma em casa, com a esposa; outra, na rua, com a Neném. Dia e noite pensava no tal Carlos. No escritório, distraído, escrevia dez, vinte vezes esse nome. Depois, picava o papel e o punha na cesta. Suspirava: "Acabo maluco."

E só vivia, realmente, quando estava com a Neném. Ela teimava em não aceitar um tostão de Nilson. Explicava: "Você não me deve nada, você é meu convidado." Chegava-se para perto do rapaz:

— Fiz fé com tua cara. Eu sou assim. Gostei, pronto, acabou-se.

Era assim com ele. Em compensação só faltava arrancar o couro dos outros fregueses. No seu entusiasmo, Nilson abria-se com os amigos: "Que pequena! E faz tudo, percebeste? Topa tudo!"

Tanto fez propaganda que um dos seus amigos resolveu fazer uma experiência pessoal e direta. E, de noite, procurou Neném. Esta, que nunca o tinha visto mais gordo, recebeu muito bem, sentou-se no seu colo, e, enfim, fez a festa necessária e convencional e, súbito, acontece o imprevisto. O sujeito se lembra de dizer: "Sou amigo de fulano." Ela estacou:

— Do Nilson?

— Sim. Do Nilson. Por quê?

Foi terminante. Ergueu-se e pôs tudo em pratos limpos: paciência, mas com um amigo do Nilson não queria história.

Houve um verdadeiro escândalo. As colegas de profissão intervieram: "Você está maluca? O que é que tem? Ora veja!" Mas Neném foi irredutível. "Se fosse outro qualquer, muito bem. Mas um amigo de Nilson, nunca." O rapaz soube e, embora não o dissesse, experimentou um sentimento de vaidade e de pena. Brincou, comovido:

— Você é o que é. E vale mais do que uma dona que eu conheço!

A troca

Um dia, na casa do sogro, houve uma festa grã-finíssima. Nilson compareceu, de braço com a mulher. E bebia uma primeira taça quando o sogro se aproxima: "Você conhece o Carlos?" Virou-se, atônito. Diante dele estava, realmente, o Carlos. Já não era apenas um nome. Súbito, convertia-se em pessoa viva, material, tangível. Agora, se quisesse, podia, até, matá-lo. Houve, de parte a parte, um "muito prazer". Carlos, simpático e quase bonito, inclinava-se, pedia licença e se afastava. Dentro em pouco, Nilson o via dançando com Geralda Maria. Ela se deixava levar, transfigurada. Gradualmente o álcool foi agravando, exasperando seu ressentimento. De repente o sogro bateu-lhe no ombro. Em voz baixa pergunta:

— Você não dança com sua mulher?

Espantou-se: "Eu?" E o velho: "Vá dançar com sua mulher." Nilson, com os olhos injetados, pousou a taça e disse: "Vou, sim. Vou dançar com minha mulher." Caminhou, com um passo incerto para o telefone, e fez uma ligação. Dez minutos depois ele, que fora para o portão, voltava de braços com a maravilhada Neném. Assim que ela descera do táxi, ele, completamente bêbado, anunciou-lhe: "De hoje em diante, és minha mulher para todos os efeitos."

O sogro o viu, entre os outros convidados, dançando com aquela desconhecida. E quando o genro passou quis repreendê-lo. Então, Nilson, largando Neném, espetou-lhe o dedo no peito:

— Olha aqui, seu cretino. Minha mulher é esta! E você, sua filha, o Carlos, que vão para o diabo que os carregue!

Trôpego, mais bêbado do que nunca, abandonou a festa, levando a assombrada Neném.

"A vida como ela é..."

Nossa dramaturgia, assim como a literatura, mudou bastante quando da estreia do *Vestido de noiva* do Nelson Rodrigues, em 1943.

Os assuntos que eram abordados, e seus diálogos, provocaram uma total reviravolta na maneira de pensar teatro. Seus contos e crônicas, sejam comentando o futebol, sejam contando uma história, eram, nos anos 1950, um vício para mim e para milhares de leitores dos jornais.

A língua portuguesa/brasileira passou a ter outra sonoridade. Parecia que era coloquial, o falado nas ruas, mas era uma interpretação disto. Era a teatralização do real. Soava verdadeiro. Tinha uma cadência nova. Não só a maneira de falar, mas as histórias também.

Eram realidade ou projeção analítica? Inconfessáveis dramas ou desejos de chocar? Na verdade eram RODRIGUIANOS.

Enquanto alguns discutiam que ele queria apenas fazer escândalos, que era alienado, outros, como eu, encontravam nele a representação do brasileiro da cidade grande. Com seus desejos, ambições, fraquezas, amores. E, acima de tudo, com personagens bem-humorados e patéticos.

Representar personagens seus é um desafio. Comparável ao inglês representar Shakespeare, ao americano representar O'Neal/Miller, ao francês, Molière.

A ideia de fazer "A vida como ela é..." na TV veio do Nelsinho Rodrigues. Foi numa reunião que tivemos juntos com ele, Jofre Rodrigues e a viúva, dona Elza. E também que os episódios na TV fossem a representação exata dos contos. Seriam narrados, dando o sabor dos comentários do autor, e teriam curta duração. Pois assim seria fiel ao tamanho do conto.

Pra quem conviveu com ele, sua figura e seus personagens se confundem.

Conheço uma história de Nelson e seu grande e homenageado amigo — Otto Lara Rezende. O Otto me contou que certo dia, os dois andando na cidade, ele consolava o falso deprimido Nelson.

— Otto, quando eu morrer ninguém vai se lembrar de mim — choramingava Nelson.

— O que é isso, Nelson? Todos falarão de você. Você é muito admirado — consolava Otto.

— Ninguém, tenho certeza. Todos me acham um chato.

— Não é verdade, todos te respeitam e sabem que você é um importante escritor brasileiro.

— Importante... — desdenha Nelson. — Quem desses que comandam a nossa imprensa vai falar bem de mim quando eu morrer???

— EU! — gritou o já impaciente Otto. Eu vou falar bem de você.

Nelson muda o tom e, admirado, pergunta humildemente:

— Você jura que vai falar bem de mim, Otto? Jura?
— JURO! — confirma.
E Nelson, contente, pede:
— Então exagera, Otto. EXAGERA!

E agora, para que exagerar? Em 2015, Nelson Rodrigues continua tão bom quanto em 1943. Ele não é apenas o melhor escritor teatral brasileiro, ELE É CLÁSSICO.

Daniel Filho

Entrevista com Euclydes Marinho

Entrevistador (E): Em sua entrevista publicada no livro *Autores: histórias da teledramaturgia*, o senhor menciona que nos primeiros anos de trabalho como roteirista tinha como leitura rotineira o *Teatro quase completo* de Nelson Rodrigues. De que maneira a dramaturgia e a narrativa de Nelson ajudaram a formá-lo profissionalmente?

Euclydes Marinho (EM): Isso foi uma prática que eu tive durante uns dois ou três anos. Eu abria o *Teatro quase completo* e lia um pouco. Não só pelo prazer da leitura do texto do Nelson, mas principalmente para tentar absorver o talento dele. O talento de explorar os sentimentos humanos, de mergulhar na alma humana, aliado à maestria de fazer isso na língua portuguesa, escrevendo de maneira concisa, brilhante, econômica. Não tenho como medir o quanto isso me ajudou. Mas, se funcionou, entrou e entranhou na pele, pelos olhos, pelo ouvido, pela musicalidade das palavras do Nelson. Não sei nem se serviu para alguma coisa, mas eu pelo menos me enganava achando que aquilo poderia me ajudar a escrever.

E: O senhor participou de marcos da teledramaturgia nacional, roteirizando programas como *Malu Mulher* (1979), *Quem ama não mata* (1982), *Mulher* (1998) e *Eu que amo tanto* (2014). Todos são trabalhos que abordam, de alguma forma, a nova mulher, com seus questionamentos comportamentais, sexuais, familiares e profissionais. Como o senhor percebe a mudança na televisão da imagem da mulher? O que o senhor poderia falar acerca da célebre expressão "Elas gostam de apanhar" — frase que é também título de uma seleção de 26 textos da coluna "A vida como ela é...", publicado pela editora Bloch em 1974.

EM: Essa mulher que gosta de apanhar é um dos aspectos do Nelson, porque também têm vários homens que gostam de apanhar nos seus textos e que são completamente dominados pelas mulheres. Alguém disse: "O Nelson é machista"; e acredito que ele se apropriou e usou isso. Porque ele era bom de *marketing* e de polêmicas. Nelson brincava com ele mesmo, se autocriticava e trazia para si o que a "ignorância" do público atribuía a ele, como a coisa do pornógrafo. Mas Nelson é muito mais amplo do que isso. A mulher que gosta de apanhar é uma das suas personagens. Porque têm mulheres autoritárias, têm mulheres danadas. Ele está muito além de uma visão quase que estereotipada do Nelson. Ele até usava a frase: "A mulher gosta de apanhar". Mas Nelson era danado como "frasista". Ele perdia o amigo, mas não perdia a frase.

E: A sua primeira adaptação de Nelson Rodrigues ocorreu com a minissérie *Meu destino é pecar*, de 1984. Como se deu o processo de escolha da obra para adaptação e como foi a recepção do público a esse trabalho?

EM: Eu não escolhi *Meu destino é pecar*. Substituí o Walter George Durst, que, por algum motivo, não pôde tocar o projeto. Eu tive a sorte de ser chamado para trabalhar numa obra do Nelson, mas não partiu de mim. Com relação à reação do público, eu não sei como foi, porque durante a exibição da minissérie eu não estava no Brasil. Mas acho que quase ninguém viu. É uma história praticamente inédita, apesar de ter ficado pelo menos oito semanas no ar. E é um trabalho brilhante, não pela minha adaptação, mas pela realização do Ademar Guerra, que foi o diretor. Fora o elenco, que era maravilhoso. Era uma história completamente atual e que a TV Globo poderia exibir hoje. Então, eu não sei qual foi a repercussão, mas acho que ela foi mínima na época.

E: Na mesma entrevista para o livro *Autores*, o senhor menciona que nessa adaptação de *Meu destino é pecar* acabou por utilizar um recurso que depois foi muito explorado por outros autores: a narrativa em *off*. Era uma forma de colocar Nelson Rodrigues na história?

EM: A ideia foi não perder as maravilhosas frases do autor. E se eu ficasse só com os diálogos, perderia o espírito do Nelson, que é o comentário que ele faz sobre as situações e sobre os personagens. E acho que eu estava certo, porque depois o Leopoldo Serran usou esse artifício em *Engraçadinha* (1995), e eu voltei a usá-lo em *A vida como ela é...* E toda vez que tiver que fazer alguma coisa do Nelson eu vou fazer isso, apenas para não perder as maravilhosas frases que ele lança assim "levianamente", "gratuitamente" ao longo do texto. Isso ajudou a manter o espírito rodriguiano nessas adaptações, tanto em *A vida como ela é...* quanto em *Meu destino é pecar*. Nelson está muito presente ali por conta desse artifício.

E: A sua parceria com o diretor Daniel Filho data do final da década de 1970 e se consolida em trabalhos como *Ciranda cirandinha* (1978) e *Malu Mulher*. Em meados da década de 1990, vocês dois saíram da TV Globo e promoveram uma nova mudança na linguagem e na produção de séries e minisséries, marcadamente com *Confissões de adolescente* (1994). Depois, retornaram à TV Globo, onde propuseram o "projeto Tatá" (depois *Sai de baixo*) e *A vida como ela é...* Especialmente sobre a série do *Fantástico*, qual a influência desse projeto na nova forma de produzir teledramaturgia no Brasil?

EM: Talvez o fato de termos produzido em película. Ter a câmera de cinema e uma equipe de cinema no *set*, no estúdio de televisão, ajudou a criar um clima e deu outro tempo na interpretação. Mesmo que não estivéssemos fazendo cinema na televisão, somente usando instrumentos do cinema nela. Além da qualidade de imagem, que foi absorvida pela TV Globo nos produtos considerados mais sofisticados, que passaram a usar a película. Teve também a coisa da dramaturgia rápida, que eu recuperei agora na minissérie *Eu que amo tanto*. Quando caiu na minha mão o livro da Marília Gabriela, dos depoimentos das mulheres que amam demais, pensei que poderia repetir o formato de *A vida como ela é...*, de dramaturgia curta, contando de forma acelerada. Em *A vida como ela é...* eu pegava o carnegão da cena. Não tinha o seu começo nem o seu final. Era no limite das cenas, no âmago delas. Quem já tinha feito antes *A vida como ela é...* pegava o material do Nelson quase como uma sinopse e, depois, engordava, criava outras cenas. Eu, pelo contrário, fiquei o mais fiel ao Nelson possível. O mérito é do Nelson. Eu só tive o saque de fazer como ele fazia. Convenci o Daniel de que valia a pena o formato e o Daniel convenceu o Boni. E funcionou, porque o *Fantástico* teve um crescimento de audiência significativo, chamando o quadro desde sábado, dando *flashes* e *teasers*. E as pessoas ficavam esperando para ver *A vida como ela é...*

E: Em entrevista concedida ao jornal *O Globo* (10/07/1996. "Segundo Caderno", p. 2) o senhor diz que não recebeu recomendações quanto à linguagem e à abordagem de *A vida como ela é...* para o *Fantástico*, afirmando que as situações descritas por Nelson não eram vulgares, mas fortes. De qualquer forma, todo roteiro adaptado passa por escolhas do autor. Dentro da temática e da narrativa de Nelson, o que era priorizado ou excluído do original pelo senhor e por seus colaboradores, Denise Bandeira e Carlos Gregório?

EM: Não havia nenhuma norma, e a escolha das histórias era uma coisa intuitiva. Ficou na minha mão isso. Aconteceu algumas vezes, por exemplo, do Daniel me ligar dizendo que não daria para fazer algum episódio. E eu estava tão afiado que escrevia outro em duas, três horas. Eu tinha três calhamaços xerografados das laudas do Nelson Rodrigues. Umas trezentas histórias talvez. E eu escolhia conforme o que achasse necessário. Os textos dos colaboradores também passavam por mim, e eu dava uma arredondada quando precisava. Eu tinha a prerrogativa de fazer o roteiro final. Mas não tinha uma direção, não tinha um norte nessas escolhas.

E: Nelson Rodrigues é um pouco *voyeur* quando escreve *A vida como ela é...*, fotografando aquele instante do subúrbio do Rio de Janeiro e retratando como poucos a alma humana em aspectos, na maior parte das vezes, silenciados. É esse enquadramento no sentimento humano contraditório que se encontra a conexão entre a obra de Nelson e a sua adaptação? *A vida como ela é...* ainda é a sua "joia da coroa"?

EM: É uma delas. Eu tenho bastante orgulho das coisas que eu fiz, e essa é uma das coisas de que eu mais gosto. Mas como eu tenho histórias originais minhas, elas competem com o Nelson. No meu coração eu tenho, por exemplo, *Quem ama não mata*, que será relançado com o título de *Felizes para sempre?* Mas em *A vida como ela é...* eu estava muito inspirado. Não sei quem me trouxe essa informação da dona Elza, que dizia: "Esse rapaz parece que 'recebe' o Nelson." Isso me encheu de orgulho. Maior elogio que eu podia ter era da viúva dizendo que parecia que o Nelson estava lá. Se eu o recebia, eu não sei. Mas no final eu já estava fantasiando, escrevendo rápido como ele, somente em duas, três horas. Abria aquele calhamaço e saía. Aliás, eu vi o Nelson trabalhar quando fiz estágio de fotografia no jornal *O Globo*, em 1968. Ele era o meu ídolo. Algumas vezes eu fiz xixi junto dele. Não o conhecia, nem falava com ele. Eu era um garoto tímido. Mas via-o trabalhar de longe, lá na mesa dele, sempre com aquela cara amarrada e o cigarro no cinzeiro. E ele fazia rapidinho. Eu tinha um temor reverencial por aquela figura por quem eu já era apaixonado, como público e como leitor. E o via também na televisão, na *Resenha Facit*. Eu nem sou um aficionado de futebol, mas não perdia, basicamente, por conta do Nelson. A minha grande alegria era vê-lo abrindo aquela boca cheia de ovo e dizendo alguma coisa brilhante.

E: O senhor temeu pelo fato de *A vida como ela é...* ter sido apresentada no *Fantástico*, uma revista dominical tradicionalmente considerada um programa "família"?

EM: Quando eu vi os primeiros episódios prontos, fiquei preocupado. Cheguei a comentar isso com o Daniel e com o Boni. Uma vez num encontro o Daniel disse que não daria problema algum. E não teve problema nenhum. Teve menos dilemas naquela época do que teve *Eu que amo tanto* agora. O público está mais careta do que naquela época. Não sei se foi porque eu peguei a época da virada da televisão, um período em que todos nós que fazíamos entretenimento, arte e cultura, além do próprio público, estávamos descomprimindo. Era um momento no qual pudemos fazer o que queríamos. Hoje não é mais assim: o público rejeita, bem como as entidades de família, o Ministério Público etc. Está mais fechado do que no final dos anos 1970 e 1980.

E: Íamos perguntar se hoje em dia Nelson Rodrigues seria mais facilmente adaptado para a TV. A resposta seria então seria "não"?

EM: Eu acho que não. Infelizmente não. Talvez hoje voltasse àquelas reações que o público teve quando das primeiras peças do Nelson. Gente que se levantou, que queria matar o autor, as pessoas vaiavam. Hoje, provavelmente, teríamos uma reação um pouco mais próxima dos anos 1940 do que de 1996. Certamente seria bombardeado no Twitter, mas muita gente iria gostar também. Em 1996 eu achava que ia haver rejeição, porque o *Fantástico* era o programa da "família brasileira". Nada, foi absorvido. Inteligência do Nelson, basicamente. Eu fui um cavalo ali. Mérito do seu texto, do brilhantismo dele em mergulhar na alma humana e de fazê-lo num excelente português. Porque a concisão do Nelson com as palavras é brilhante.

E: Em seu depoimento ao *Memória Globo*, o senhor afirmou que o grande "barato" é quando o ator "veste" o personagem e surpreende você. Ao mesmo tempo, o seu *A vida como ela é...* foi como uma mediação entre a obra de Nelson e muitos jovens atores, que tiveram nessa experiência a primeira oportunidade de fazer um Nelson Rodrigues. Como o senhor analisa a atuação desses jovens atores na série?

EM: Foi um momento muito feliz na vida de todo mundo, inclusive do elenco. O Daniel Filho estava brilhante enquanto diretor de atores. Nós líamos os episódios com o elenco e os discutíamos. Foi um grande momento na vida de quase todos os atores e atrizes que fizeram. Era como fazer duas companhias de teatro, uma para cada leva de vinte episódios. E todos estavam brilhantes, mesmo fazendo papéis coadjuvantes, fazendo figuração. Como era uma companhia, às vezes num episódio fulana ou beltrana encarnava a personagem principal, e no outro ela era a irmã que ficava em silêncio na sala, fazendo figuração. Então, era uma figuração de luxo. Teve figuração de Cláudia Abreu, de Malu Mader, todo mundo fez figuração em algum momento. Por vezes, era um pequeno papel, mas todos participaram de tudo. E esse fato de eles estarem quase o tempo todo em cena, lidando com o universo do Nelson, também ajudou a todos. Formou-se ali um espírito coletivo, com um patrono jogando as suas vibrações loucas.

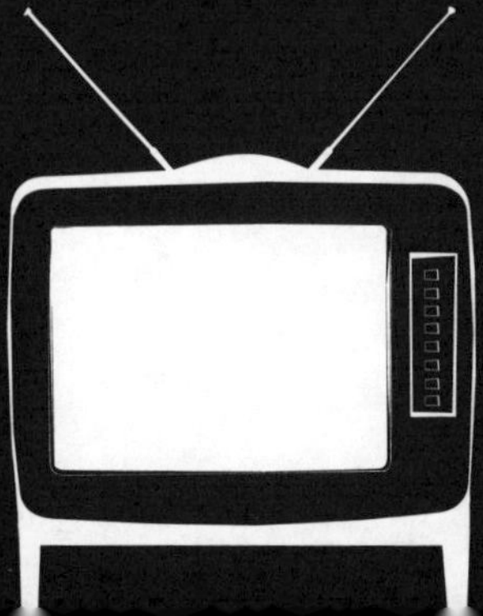

DIREÇÃO EDITORIAL
Daniele Cajueiro

EDITORA RESPONSÁVEL
Maria Cristina Antonio Jeronimo

PRODUÇÃO EDITORIAL
Adriana Torres
Pedro Staite

REVISÃO
Mônica Surrage

PESQUISA
Pedro Krause
Tarcila Soares Formiga

ENTREVISTA
Pedro Krause

DIAGRAMAÇÃO
Leandro Liporage

Este livro foi impresso no Rio de Janeiro em 2015
para a Nova Fronteira. O papel do miolo é chambril avena
80g/m², e o da capa é cartão 250g/m².